ギリシアの墓碑によせて

ネーモー・ウーティス
沓掛良彦 訳

思潮社

PARVA ANHTOLOGIA
NUSQUAMA

ギリシアの墓碑によせて　目次

刊行のことば

佐藤秋畝

この度弊社から沓掛良彦氏の訳詩集ネーモー・ウーティス『ギリシアの墓碑によせて』を刊行するに際して、一言ご挨拶申し上げます。

私が弊社に勤務する鈴木美和から、彼女の大学院時代の旧師で、およそ世に顧みられず、売れることもない著訳書を出し続けている畸人がいると耳にしたのは、かれこれ一〇年近く前のことになります。かねてから「勢いに乗る姦商は唯利を射る」ばかりで、売らんかなのあざとい下心が見え透いた、近年の出版界の営利第一主義に疑念を抱き、悪書の氾濫を苦々しく思っておりました私は、川田甕江先生の仰せられるように、

何當倩得祖龍手　いつか当《まさ》に祖龍の手を倩《やと》い得て
焚盡人間無用書　焚き尽さん人間《じんかん》無用の書

との気持ちを抱いております。美しいものに心惹かれ、また書物を心から愛する者として、これまで採算を度外視して、真に芸術や書物を愛する人々のために『森山大道写真集』をはじめ、弊社大和プレスが主として芸術関係の書物を世に送って来たのも、私のそのような志に出たものであります。長年赤貧洗うが如き貧窮生活によく耐え、日々窮鬼に責められ、毎回赤字に悩みつつ著訳書を出し続けている畸人がいると聞き、出版に関わってきた者として、その奇特な仁の志を買い、著訳書の上梓に協力することに致しました。著訳者が大切な社員の旧師とあってはなおさらのことであります。その意気に感じて、これまでにも弊社から枯骨閑人先生の著訳書『コルドバ遊記』と、『黄金の竪琴』を刊行致しました。いずれも閑文字ではありますが、後者は図らずも読売文学賞を受賞することができ、まずは世に出した甲斐があったと申せます。本そのものはまったく売れることなく終わりましたが、ほんの一握りの読者の手にであれ、著者積年の仕事が書物の形になって渡ったことは、それなりに意味があったものと信じております。

既に「遺著」と聞く『西行弾奏』も世に出し、『黄金の竪琴』を「紙の墓標」として建て終わった枯骨先生は、猶未だ世に在るのを幸いに、今度はルネッサンスの無名ラテン語詩人の訳詩集を出し、冥途の旅への置き土産として知友に配りたいとの意向を洩らされました。今回の訳詩集を、蔵書をすべて売り払ってでも世に出したいとの異様なまでの意気込みを伺い、私ももう一肌脱ぐ覚悟を決め、弊社から新たな訳詩集を刊行することとなりました。閑人が老後の戯れになしたという訳業が、どれほどの意味をもつかは問わぬこととし、まずは私どもが心を込めて作り上げた詩書を、あの世に旅立たれる枯骨先生の置き土産として、お手許に置いていただければと冀う次第です。

先生は「詩文は元地獄の工夫」という一休和尚の言葉を奉じておられ、いずれわが行く先は六道地獄か無間地獄などと嘯いておられますが、そうなった暁には、本書を手に、報われぬ詩書の翻訳に生涯を費やした一畸人を偲びたいものであります。

（さとう・しゅうほ　広島聚美館館長）

In manibus poetae Petri Ludovici

— Skeletonius Otiosus

詩人ピエール・ルイスの霊に

— 枯骨閑人

沓掛良彦訳『ギリシアの墓碑によせて』のための小序

ローマ大学名誉教授　アルマンド・クァルクーノ

二十数年前彼がローマにいた頃、友人として沓掛氏と親しくつきあい、互いに相譲らぬギリシア好き《フィロヘレネス》として、ギリシア詩の魅力についてしばしば時を忘れて語り合ったことが、私の新鮮な記憶の中にある。彼は上手でないギリシア語を喋りつつ、単独でギリシアを旅した時の感動を熱く語り、ギリシアへの強い愛を示した。

あるときその彼が、トラステーヴェレの古書店で買ったと語る古ぼけた小さなラテン語の詩集を持ってきて、こういう詩人たちを知っているかと訊いたが、そこに収められた詩を書いた詩人たちは、どれも私の知らないところの人であった。ネオ・ラテン詩人、それも無名詩人となると、われわれイタリア人でも読んでいる者は少ない。比較文学の教授である私は、それは読んだことがなかった。彼が笑いながら、「ただ安かったからと、そこに載っているギリシアの墓碑の挿絵よって惹かれたから買ったのである」と言ったことを覚えている。その後このことは完全な忘却のうちにあった。

それが近頃突然手紙を受け取り、その手紙の中で彼は、老人となり暇になったので、老後の楽しみとして、あの時に見せられた詩集に載っている詩人ネーモー・ウーティスの詩「ギリシアの墓碑によせて」を翻訳していると書いていた。彼はローマに来る前に既にサッフォーやルイーズ・ラベの詩を訳していたし、その後もオウィディウスの『アルス・アマトリア』なども訳していると聞いていたので、大変驚くことはなかった。だが翻訳大国だと聞く日本という国は、大したものだと思わざるを得なかった。ルネッサンスのラテン語詩人、それも無名の詩人の作品が日本語になり、その読者がいることはイタリアでは想像不可能である。沓掛氏がそんな無謀な企てをしたのは、ピエール・ルイスなどいう好事家向きのフランスの小詩人の魅力に捉えられて、その評伝まで書いたという彼の奇妙な性格によるものと、私は考える。

ウーティスの詩そのものは、私は読んでいないので何も言えない。だが詩人を触発して詩を書かせたアッティカの墓碑銘が、見る者を深い感動へと誘う強い力を秘めていることは真実である。私自身もそれを体験したし、ゲーテも『イタリア紀行』で、南イタリアに残るギリシアの墓碑を前にした折に、思わず落涙したほどの感動を覚えたことを書いている。リルケもまた『ドゥイノの悲歌』で、ギリシアの墓碑がもつ怪しいまでの力を詠っている。ウーティスの詩もまた同じ感動から生まれたものだろうと私は想像する。詩的感性が豊かだと語られている日本人ならば、翻訳を通じてでも、題材に感応し、心を動かされる人がいるかもしれない。そのようであることを願う。

残念ながら日本語を理解しない私は、沓掛氏の翻訳がどの程度詩的であるかわからない。しかし修辞的色彩の濃いネオ・ラテン詩は、その翻訳が訳者を絶望させる程度に困難であることは、容易に想像可能である。ラテン語の裔であるイタリア語に翻訳してさえも、原詩の味わいはほとんど消えてしまうのだから。そのことを認識した上で、沓掛氏が敢えてそのような翻訳を企てたことに、ローマから拍手を送る。到底多くの読者は望み得ないであろうところの氏の翻訳が、一人でも多くの読者を発見することを祈って序とする次第である。［M・アストランジェロ訳］

枯骨閑人こと沓掛君の譯詩集に寄せることば

鍛冶谷崎一

大昔と言つてよいほど古い話だが、彼がまだ駒場の大學院の學生時代に、私がギリシアとラテン語の手ほどきをした沓掛良彦君が、また新たな譯詩集を出すと言つてきた。それもルネサンスの無名のラテン語詩人の作品だといふ。彼は昔ギリシア語はかなり熱心に勉強してゐたが、どういふものかラテン語はあまり好きではなく、高津春繁教授の受け賣りだといふ、「ローマ人は所詮は百姓ですからね」といふ逃げ口上を振り回して、ラテン語學習を怠つてゐた。簡單なラテン語のテクストを解釋するのにも脂汗を流してゐたのを記憶してゐたので、その後『戀愛指南』と題したオウィディウスの Ars Amatoria の翻譯を贈られたときにはいささか驚いた。どうやらイタリア滞在中にラテン語の重要性に気づき、ラテン詩に目覺めたらしい。還暦を過ぎた頃には、「もう洋學は廢業しました。これからは漢詩と和歌の勉強に專念します」などと涼しい顔で言つてゐたのに、その蔭でルネッサンスのラテン詩人にまで手を伸ばしてゐたとは驚きである。世を謀《たばか》るのが好きなのであらう。困つた弟子である。

そんな男が、何を血迷ったか今回はおよそ世に知られてゐないルネッサンスのラテン語詩の翻譯を出すつもりなので、一言欲しいと言ってきた。呆れて酔狂にもほどがあると思つたが、言ひ出したらきかない男なので、これは黙認するほかなかつた。ラテン語の詩は原詩で讀んでこそ意味があるので、翻譯することの無意味さをとくと説き聞かせたのだが、承知しないのである。昔からなにかと師の言に逆らふ男であつた。以前から少々頭のおかしいところはあつたが、三年ほど前から重く腦を患い認知症の兆候が顕著だと聞いている。今回の無謀とも思はれる行為が、その結果でないことを祈つてゐる。

率直に言つてさういふ翻譯が、ラテン文學とりわけルネッサンスのラテン文學などには無縁の、この國の讀書人に受け入れられるとは到底思はれない。古典への關心が薄れる一方の、わが國の知的状況を見れば、それは明らかである。だが彼は、題材のすばらしさを強調し、ギリシアの墓碑銘は實に感動的です、それを詠つた作品といふだけでも、日本人の讀者に紹介する價値があります、などと言ひ張るので、或いはさうかもしれないとの気もしてくる。若き日に私も幾度かギリシアに足を運び、アテネの美術館などでギリシアの墓碑に心を奪はれた思ひ出があるからである。詩はともかく、詠はれた題材が見る者を深い感動へと誘ふものであることだけは確かである。

沓掛君は敢へて無名詩人の作品を翻譯することの意味を疑ふ私に、まあ、黄山谷の言ふ「点鐵成金」を狙ひますからなどと言つてゐたが、それは鷗外漁史ほどの力量があつてはじめて為し得ることであつて、凡手の望み得ないことである。彼にそれだけの詩才があるとは思はれないし、結果が「点鐵成鉛」に終はる危惧なしとしない。

ともあれお手竝み拜見といつたところである。多く見て數十人の讀者しか見込めないであらう作品を邦譯する蠻勇を、ひとまづは評價しておきたい。今回の本が僅か一〇〇頁そこそこといふのも好ましい。ギリシア人の言ふやうに、Mega biblion, mega kakon.「大著は大禍」であるからだ。

二〇一六年　炎暑三伏の日に

備前國閑居　雲谷齋識

（かじたに・きいち　大坂大學名誉教授）

贈旧師枯骨閑人

白　多光

私の大学院時代の師であり、漢詩制作では私の門下でもありました枯骨閑人先生から久方ぶりに尺牘があり、新たな訳詩集を世に送るからとのことで、詩を求められました。これまでいつも新著を送っていただいていましたが、三年ほど前「遺著」と称する『西行弾奏』をお送りいただいてからずっと音信がなく、御高齢のことでもあり重く脳を病んでおられるとも、アルツハイマーの症状を呈しておられるとも仄聞しておりましたので、憂慮していたところでした。完全に呆けてしまわれたか、あるいはもうお亡くなりになったのではないかと危惧していましたが、幸いまだ亡者にはなられず現世を徘徊され、お元気で訳筆を揮っておられると伺い、嬉しく思った次第です。尤も、近詠の「七十老骨猶想佳人／頻夢花顔到清晨」というようなめちゃくちゃな詩句に接しますと、本当に頭の方は大丈夫なのかと心配ではありますが。

私が日本を去った後も、枯骨先生は、日本における中国古典詩研究の権威であられる、皮日休三（かわひ・きゅうぞう）先生の指導を仰いで、たわけた狂詩や猥褻な「姦詩」ばかりではなく、細々とながら漢詩制作も続けておられるとのこと、慶賀の至りです。今回世に問われる本が、またしても先生ご自身の詩集ではなく、訳詩集なのは少々残念な気もしますが、それが先生の本領なのかとも思います。敢えて蜀を望めば、先生が訳詩や狂詩だけではなく、拙くともよいから、詩を学ぶ者の本道である自作の詩（漢詩）を世に披瀝される日がくることを願っています。その日こそ私が安心して冥目できるというものです。

かつて西が原と武蔵野のあたりで先生のもとで学び、また漢詩制作の心得を伝授した日々を懐かしく想い起しつつ、新たな訳詩集刊行を祝して詠んだ腰折一首を贈って、上梓の贐と致します。

於厦門翠主書屋　宇足齋識

（はく・たこう　詩人・厦門文華大学教授）

枯骨閑人譯詩集上木之際詠同韻腰折体五絶以呈

評詩論酒最傳神　詩を評し酒を論じ最も神を伝う
汲古説今還守真　古に汲み今を説き還《また》真を守る
春風桃李聞天下　春風桃李天下に聞こゆ
學貫東西有幾人　学を東西に貫く幾人か有らん

由来詩酒可通神　由来詩酒神に通ずる可く
酔歩壺中別有真　壺中を酔歩すれば別に真あり
平生多少辛労論　平生多少辛労の論
才學如師見幾人　才学師の如きは幾人か見ん

培育七年労費神
春風坐沐不成真
愧我才疎徒負望
難近詩人是酒人

培育七年神を労費し、
春風に坐して沐し真成らず
我が才疎にして徒《いたずら》に望みを負うを愧ず
詩人に近づき難き是《これ》酒人

何幸得逢詩酒神
慇懃教我最情真
若問吾師何姓氏
形如枯骨号閑人

何ぞ幸いにも詩酒の神に遭うを得ん
慇懃に我をして最も情真ならしむ
若し吾が師姓氏何ぞと問わば
形は枯骨の如く号は閑人

枯骨為形形有神
高風亮節自存真
聞道帰田拙陶里
懐思能寄避秦人

枯骨形を為して形に神有り
高風亮節自ずから真に存す
聞くならく帰田陶里に接すと
懐思能《よ》く寄する秦を避くるの人に

epigraphe

おんみらはアッティカの墓標《ぼひょう》に刻《きざ》まれた人間の姿態《したい》のつつしみに
驚歎したことはなかったか。そこでは愛と別離とは、
わたしたちのばあいとは別の素材で出来ているように、
かるやかに夫妻《めお》二人の方の上に載せられているではないか、想起したまえ、
　あの二人の手を。
いずれの体躯《たいく》も力にみちたものでありながら、いかにその手の強圧のけはいなく
　そっとたがいの上におかれているかを。
自己を抑制していたこのひとびとは、この姿態によって知っていたのだ、
　これがわれら人間のなし得る限度であることを、
そのようにそっと触れ合うそのことがわれら人間のさだめであることを。もっと強烈
に神々はわれらに力を加える。しかしそれは神々のわざなのだ。

——リルケ『ドゥイノの悲歌』より（手塚富雄訳）

作者ネーモー・ウーティスに

イタリアの文化が繚乱と花開いた時代に
マニャ・グレチアの地で鶩筆を走らせ、
ギリシアの墓碑に寄せる思いを羅典の詩句に託した若者よ、
古ぼけた詩書に封じられて幾世紀もの眠りに就いていた
君の声に、遠く時空を隔てた亜細亜の老骨が、
いま声を貸そうというのだ。
大和のことばは、羅典の詩句に盛られた響きを移す
器とはなりえぬものながら、かつてのぼくと同じく、
君がギリシアの墓碑を前にして覚えた感動の
かけらなりとも伝え得たらと願うのだ。
君の詩が長い眠りから呼び起こされて、
遠い亜細亜の島国のことばと変じて
蘇るのをよろこんでくれたまえ。
その奇特な志に免じて、訳の拙きを恕せよ。

Vale, poeta ignote.

序詩

「悲しみのアテーナー女神」像によせて

ペルシア軍の来寇に際して、アテーナイ人に下された
デルポイの巫女ピューティアーの神託。

おお哀れなる者どもよ、なぜいつまでもいたずらに坐しおるか?
家と輪形なす都城《まち》の高き頂を捨てて、地の果まで逃れよ。
都城《まち》は頭も、胴も、端なる足も、手も、中心も
あますところなく失いて、跡形もなく滅び尽くさん。
都城《まち》は紅蓮の炎につつまれ、無慈悲なるアレースがシリアの戦車御さん。
渠《かれ》汝らがもののみならず、あまたの堂塔を覆さん、
不死なる神々のあまたの社《やしろ》を荒れ狂う猛火にゆだねん、
そこなる神々は恐怖におののいて蒼ざめ、冷や汗を流して立ち尽くさん、
いと高き屋根より、逃れ得ぬ厄災の前兆《しるし》なるか黒き血ふりそそがん。
聖所を出《い》でよ、厄災《わざわい》に心ゆくまで浸るがよい。

詩人

アテーナー女神よ、なにをそのように悲しんでおいでです？
誰の死を悼ませたもうのですか。
弓手に持たせたもう槍にお身体《からだ》をもたせかけ、
胸内に湧きあがる苦悩に耐えかねて
面《おもて》を伏せ、眼を閉じて沈思《ものおもい》に
沈みたもう御姿は、総身《すべて》これ悲哀の化身。
深い憂愁《うれい》に閉ざされ、じっとたたずみたもう
御姿は石に凝固した千古の悲しみの形象《かたち》。
不死なる神の身にして、かほどの苦悩にひたりたもうとは。

その様はおん前に立つ異国の旅人にすぎぬ若者の心をさえも
激しく撼《ゆるが》せ、締めつけずにはおきませぬ。
おんみは永遠《とわ》の處女神《おとめがみ》にましまして、
アプロディーテーのごと、またテティスのごと
人間《ひと》の胤をおん胎に宿したもうことなき身、
いとし子を喪った悲嘆《かなしみ》も知りたまわず。
いかなればさほどの憂いに沈み、嘆きたもうのか。
語りたまえ、女神よ、その悲嘆の所以を、
誰の死がおんみをそのような姿となしたのかを。

アテーナー女神

見知らぬ者よ、どうしてこの身が悲しまずにいられましょう。
憂愁《うれい》に閉ざされずにいられましょう。
そなたは知りませぬか、非情なるデルポイの託宣《おつげ》を、
アテーナイの民を絶望の淵に投げ込んだ
かのピューティアーが告げた禍々しいことばを。
わが愛する都巴《まち》は鴃舌の蛮夷《えびす》どもに踏みにじられ、
紅蓮の炎につつまれて跡形もなく滅び失せんとのむごきことばを。
高城《アクロポリス》にあってわたしを祭る處女神殿《パルテノン》さえもが、
異狄どもによって壊《こぼた》れ、穢されようというのです、
そのことばを知って、どうして悲しみにくれずにいられましょう。

女神とて胸の張り裂けるごとき悲嘆を知る者。
わが子アキレウスの死を嘆いたテティスの嘆きは、
アドーニスを喪い、白い薔薇を深紅に染めた
アプロディーテーの血の涙は世の人の遍く知るところ。
わたしとて愛知らぬ身ではありませぬ、
金剛石にも増して固い鉄石心の持ち主でもありませぬ。
そなたはわたしが人の子の母ならぬ身と言いますが、
わが名を冠した都巴《まち》に住むケクロプスの末裔《すえ》なる民は、
すべてわが子、わが懐に憩う者ら。
その子らが無慈悲なメディア人の刃にかかり。
か黒い血に染まって斃れ、冥府《ハーデース》へと下って行こうとしています
わたしはかれらの母、どうして嘆かずにいられましょう。
わたしの嘆くはギリシアの神々の無力なこと、
神の身でありながら、死すべき身の人間の力に屈して、
異狄らを前にして蒼白い恐怖が神々を襲い、
社殿《やしろ》を焼き払われようというのに、抗うこともせず、

なすすべもないままに、茫然と立ちつくすばかりとは。
全能の父なるゼウスよ、あなたのお力はどうなったのです？
雲霞のごとく群がる異狄の軍勢のただ中に雷霆を投じて、
あわれなるケクロプスの民をお救いにはならぬのですか。
ポセイドーンよ、アシアからヘラスの地に押し渡らんと
不遜にもおんみの背に橋を架け、あまつさえ
おんみを鞭打った傲岸な蛮夷《えびす》の王を罰しないのですか？
アポローンよ、ギリシアを呑みこもうとしている傲慢な大王の胸に、
おんみはなぜ必殺の矢を射込もうとはしないのです？
そのかみアカイア人の軍勢に矢を放って数知れぬ軍兵《ぐんぴょう》を倒し、
その魂を冥府に投じ、亡骸を鷙鳥《しちょう》の餌食としたではありませぬか。
ヘラスの地を侵し踏みにじるメディア勢に矢も放たず、
ピューティアの口を藉りてただ無慈悲なことばを宣り告げるのみとは、
デルポイの主として、愧じるところはないのですか？
おんみはゼウスの御子、ギリシアの神ではありませぬか。
アレースよ、かつて異国トロイアーの民の側に立ち加勢したように、

このたびもまたメディア人らに力を貸そうというのですか?
ヘーラクレースよ、なぜ黙ったまま坐りこんでいるのです?
なんぴとも敵しえぬおんみの膂力はどうなったのです?
ハーデースよ、おんみの領国《くに》は地の下にあって安泰なので、
無数のギリシア人の魂が、嘆きつつ降ってくるのを待つのですか?
なぜ死神《タナトス》を異狄メディア人のもとへと送って、
雲霞のごとき敵どもを、一時《いちどき》におんみの支配下に置かぬのです?
おお、あらゆる神々に先立って生じた胸広き大地女神《ガイア》よ、
百万の数を誇る異狄の軍勢の前で大きく口を開け、
底知れぬ奈落《タルタロス》の奥底へあの夷《えびす》どもを呑み込みたまえ。
ああ、かく言うわたしにしても、この槍を揮って
ヘラスの民、ケクロプスの末裔《すえ》の者らを救うことはできないのです、
神々にもまして強い必定《アナンケー》が、ピューティアーの言う
逃れ得ぬ厄災《わざわい》をもたらすからには。
ああ、アッティカのわが子らよ、またヘラスの民よ、
どうしてこの身が嘆かずに、悲しみにくれずにいられましょう。

アリスティオーンの墓碑によせて

プロートマコスのための碑銘詩

シモニデス

父の腕に抱かれてプロートマコスが、
青春のうるわしい息の根を吐き出して息絶えたとき、父に言ったは、
「父上、愛する息子をお忘れになることはありますまい、
またその子の武勇と徳とを惜しんで、恋いお嘆きになることも。」

クレオデーモスのための墓碑銘

シモニデス

恥を知る心がクレオデーモスを死へと誘った、
滾々と流れてやまぬテアイロスの岸辺で
トーラキアーの軍勢に遭遇した折のこと。
かくて槍に名を得た戦士なる息子は、
その父デーイピロスが名をいやが上にも高めたもの。

プロ-マルコスのための墓碑銘

アニュテー

勇敢だったがために、プローマルコスよ、君は戦いで斃れたのだ。
して、君の死によって父君ペディアース殿の館を、暗黒の悲嘆に沈めたのだ。
しかれども君が墳墓《はか》の上に立つ墓石は、
かかるうるわしきことばを告げている、
「これなるは愛する祖国がため、命を捐てたる者」との。

逞しい体に甲冑を鎧い長槍を手にすっくと立つアリスティオーンよ、
おまえの眼は大きく開かれ、その面輪《おもわ》に浮ぶは古式の微笑《わらい》。
かつて槍揮ってあまたの敵を倒したその筋骨の浮き出た腕よ、
胸甲の下に盛り上がった分厚い胸板よ、秀でた鼻筋よ、
その武勇は郷国《くに》中に轟き、わしの誇りであった。
おまえは祖国を護って花の盛りの齢で戦場にその花を散らした、
妻娶ることもなく、わが子を胸に抱くこともなきままに。
異夷パルティア人が敗走しつつ馬上から放った矢が、
おまえの胸板を深々と貫き、その命を奪ったのだ。
郷国《くに》の人々がこぞってその武勇を讃え、
おまえの名を呼んでその栄誉《ほまれ》を讃える中、
いや高い名とかぎりない悲嘆を一時《いちどき》に得た老父ペディアースは、
涙ながらに塚を築き、アリストクレースに請うて、

ありし日のおまえの雄姿を石に刻ませ、その姿を永く世にとどめるのだ。
星うつろい時変わり、数知れぬ歳月が流れた後もなお、
おまえはこうしてこのアッティカの地の一隅に立ち続け、
石に刻まれた眼を永遠に開いたまま、かつて駆け巡った戦場を見つめる、
口元に浮ぶかすかな微笑《えみ》は、永遠《とこしえ》に消えぬままに。
聞こえるか、アスポデロスの咲く野を彷徨うわが子よ、
いとし子を喪ったおまえの母が、人目を忍んで夜々悲泣する声が。
見えるか、藹々《あいあい》たる薄明の中を影となって漂うおまえに、
老いの看取りを喪いひそかな嘆きもらす老いたる父の姿が、
石となったおまえの眼は永久に開いてはいるが。
死者はいつまでも若いというが、
石に刻まれたおまえは老いを知らず、いつまでも若い。

この老父がおまえを追って冥府に降った後も、
おまえはその姿を保ち続け、
数え切れぬ幾星霜を経た遥か後の世に、
この墳墓《はか》を通りかかる若者にも、
やはり微かにほほえみかけるのだろう。
その若者はおまえの姿に深く心打たれ、
あまたの望みを胸にしたまま祖国のために花と散り、
冥府《ハーデース》へと降ったおまえを想い、花を手向け、
おまえの墓碑の上に一掬の涙をそそぐやもしれぬ。
それが偶々《たまたま》詩人であったなら、千古の時を経て、
石となってなおも立つおまえに一篇の詩を捧げもしよう。
わが子よ、アリスティオーンよ、この老父の命あるかぎり、
そこに立ち続け、このわしを迎えてくれよ。

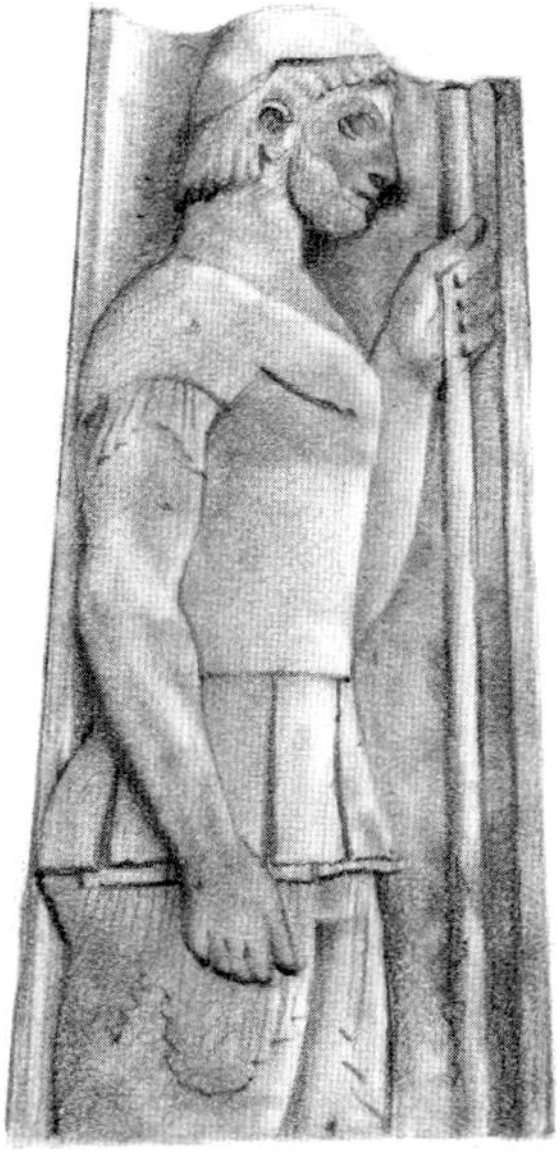

幼い少女の墓碑によせて

ペリステイラーの墓碑銘

タラスのレーオニダス

その娘《こ》はまだ時至らぬに、七歳であの世へ行ってしまった。
多くの遊び友達の誰よりも早く、かわいそうに
幼子の身で無慈悲な死をあじわったのだ、
生後二年にも満たぬ幼い弟を恋しく思いながら。
ああ、酷い運命《さだめ》に襲われたペリステイラーよ、
なんとまあ人間《ひと》に身近なところに、
死神は不幸の極みを仕掛けていることか。

キニュラースの子の墓碑銘

サルディスのゾーナス

かぐろい姿のカローンよ、苦患の果なる亡者らの魂を載せて
葦生うる暗い岸辺から漕ぎ出す者よ、
キニュラースの子が船梯から乗り込むのに、
手を貸してやってくれないか。
あの子はまだ革鞋《サンダル》でうまく歩けずに、
裸足で砂浜に降りるのをこわがっているのだから。

テオドタの墓碑銘

サモスのピレタース

墓石は悲しみに沈んでこう告げている
「ほんのわずかな日々しか生きなかったテオドタを、
冥王《ハーデース》が無慈悲にも奪い去った」。
すると幼い子が父に向かって言う、
「お父ちゃま、悲しみをこらえてね、
人間《ひと》には不幸なことがよくあるの」。

道行きたもう人よ、しばしその歩みを止めて、
この小さな墓碑に刻まれた幼い少女の像を見たまえかし。
これは塵世《ちりのよ》の穢れに染まることなく、幼くして逝った
名も知れぬ少女の姿。掌中の珠といつくしみ育てた両親《ふたおや》が、
哀惜の念に堪えずして、その愛らしい姿形《かたち》を永く世にとどめ、
いとし子の面影を偲ぶため涙ながらに建てたもの。
その姿のなんというあどけない愛らしさ。
遊び相手だった一羽の鳩を片手に乗せ、まだ女となるには遠い
胸のつぼみの上に、もう一羽の鳩をそっと抱きしめ、
くちづけを交わしているその愛くるしい顔立ち。
そっとうつむいたこの子は何を思うのか。
父母が嘆きの声上げる中で、漆黒の闇の世界に消えていった
この子の小さな胸には、どれほどの想い出、どんな記憶、
どれほどの哀歓がつまっていたのだろう。想うはやさしい母の胸に

抱かれた日々か、老いてわが娘《こ》には甘かった父の笑顔か。
死すべきものの逃れえぬ運命《さだめ》とはいいながら、
まだ青春《はる》のよろこびも異性の愛も知らぬ身で、
こんな子が一人寂しくかぐろい黄泉路を降っていったとは、
冥王《ハーデース》はあまりに酷すぎはしないか。
往古《そのむかし》ゼウスが美童ガニュメーデースの美しさに心奪われ、
天界へと拉し去ったと伝えられるが、冥王《ハーデース》よ、
おんみもこの子の愛らしさを見るに耐えかねて、
藹々たる窈冥の世界から不死なる馬を駆って路広き地上に現われ、
鳩と無心に遊ぶこの子を地下の世界へと奪い去ったのか。
ギリシアの神々とはまことに嫉妬深い方々、
死すべき身の人間たちがあまりに幸福であることを許さぬ。
この幼い少女も、その可憐な姿、愛らしさをアルテミスに嫉まれて、
小さな胸に矢を射込まれたのだろうか、それともこの幸せな子が、

やがて美しく成長し、ヘレネーにもまがう姿となるのを懼れて、
アプロディーテーが、運命女神《モイライ》に請うて
その糸を早くも断ち切らせたものか。
はかない命、幸薄かった遠い昔の穢れなき幼い少女よ、世に在った
日々のあまりも少なく、この墓の下に永遠《とわ》の眠りを眠る子よ。
ぼくはいま石に刻まれたきみの姿のあまりのいとおしさに、
思わず墓石を胸に抱いた、その冷ややかな肌触り。
そうだ、もの言わぬ冷たい石に姿を変えたきみは、
そうしてここに立ち、幼くして死んだ者の、
幸せだった束の間の形姿《かたち》に永くとどめ、
その姿を眼にする人々にその運命《さだめ》の酷さを訴え続けて、
熱い涙をそそがせるのだ、はるか昔のギリシアの少女よ。

アリステュラーの墓碑によせて

ティマースの墓碑銘

伝サッポー——

これはティマースの遺灰《はい》
嫁ぐことなくして逝ったかの少女《おとめ》を
ペルセポネーのかぐろい房室《へや》が迎えました。
かの女《ひと》のみまかった折には、
睦みあった同年《おないどし》の少女たちは一人残らず
研ぎ澄ました鋼《はがね》で、
そのうるわしい豊髪《かみ》を、
断ち切ったものでした。

ピライニスの墓碑銘

アニュテー

娘クレイアーの墓の上で母は悲痛な声上げ、
命みじかかったいとし子の死を嘆いた、
まだ婚礼もせぬままに、アケローンの青黒い流れを越えて
逝ってしまったピライニスの名を呼びながら。

クレイオーの墓碑銘

ムナサルカース

ああ忌まわしい處女《おとめ》の日々よ、そなたのよろこびにあふれた
青春《はる》を断ち切ってしまったとは、魅惑あふれるクレイオーよ、
わたしたちセイレーンの姿した墓石は髪かきむしり、
涙にくれてそなたの墓の上に立つばかり、

この墓を行き過ぎたもう人よ、しばしその歩みを止めて、
世の穢れを知らぬまま、一朝アルテミスに矢に斃れ、
陽光を後にして光なき幽暗な世界へと拉せられた
清純な美しき少女の姿に眼を向けたまえ。
年若くして逝った娘《こ》の名はアリステュラー、
慈母の愛を一身に享け、美しく育った聡明な娘は、
ある日にわかに病を得て、ペルセポネーの館へと降ったのだ。
一人娘を喪った母は、髪かきむしり胸を打って悲嘆にくれ、
老いたる父は灰を被ってまろび臥し嘆いた。
あまりにも美しく穢れ知らぬ美は神々の嫉みを招く、
世に「ハグノス」＊なるものがあるならば、このきよらな乙女こそが
まさにそれ。わが身にも劣らぬきよらな体と魂の持ち主が、
人間《ひと》の世に在り続けることを畏れたアルテミスが、
乙女の胸に無情の矢を射こんだのだ。

神々の嫉妬はおそるべきもの・・・・・・・・・・・・・・・・・・・・

・・・・・・（アリス）ステュラー・・・・・・・・・・・・・・・・・・・

遠い日の・・・・・・・・・・・・・・・・・・・・・・・・・・・・・

・・・・・・・・・幼い・・・・（テクスト破損のため四行判読不能）

慈愛と哀惜とをこめて愛娘をじっと見つめる母の姿を見よ、
その面差しに宿る愛と限りない悲哀。
母の姿に気づかぬかのように、もはや異界の者となった乙女は、
遠くあらぬ方を見つめる。二人を分かつ断絶の大きさよ。
まだあどけなさをとどめた乙女の端正な横顔に漂う哀愁は、
若くして世を去った者の悲哀を永遠に伝えるもの。

＊「聖なる」「けがれなき」の意。

ある少女の墓碑によせて

少女マケドーニアーの墓碑銘

パウルス・シレンティアーリウス

両親《ふたおや》が悲しみにふるえる手で整えたのは
乙女子よ、婚礼の床ならぬ死出の旅の床。
そなたは人の世の苦難と、エレウトーの苦しみは免れたが、
親御二人は胸痛ませる哀哭の雲に覆われたまま、
マケドーニアーよ、齢わずか十二のそなたを死が覆い隠してしまったのだ、
ひときわ年若く、ふるまいこそ大人びたそなただったが。

アリストクラテイアーの墓碑銘

ムナサルカース

ああ、アリストクラテイアーよ、未だ婚期も迎えず嫁ぎもせずに、
そなたはアケローンの奥深くへと行ってしまった。
母に遺されたのはただただ涙。母は幾度となく
　そなたの墓の前でうなだれて、嘆き悲しむばかり。

少女の墓碑銘

アガティアース・スコラスティクス

十四歳だったこの私を、死神がさらってきてしまいました、
母タレイアーが父ディデュモースのために産んだ一人娘のこのわたしでしたのに。
運命女神《モイラ》たちよ、なぜそんなにも無情なのです?
このわたしを花嫁の間にいざなうことも、子を産む楽しい仕事もさせなかったとは。
両親《ふたおや》はわたしを婚礼《ヒュメナイオス》の神のもとへ連れ行こうとしておりましたのに、
アケローンへと降ってしまったのです。
神様方、お願いでございます、父と母の嘆きをやめさせてくださいませ、
わたしが死んだため、やつれはてたあの二人でございます。

エラトーの墓碑銘

アニュテー

いまわの際《きわ》に臨んで乙女エラトー、両手もて父のうなじを抱きて、
あふるる涙頬に伝わるがままに残せしことばは、
「ああ、いとしいお父様、わたしはもうあなたのものではありませぬ、
真っ黒な覆いが眼にかかり、もう暗いところへ行ってしまいます。」

穢れなき亜麻色の髪のかれんな處女《おとめ》よ、
まだあどけなさの残るその端正で愛らしい顔をうつむかせ、
かるく膝を折り右脚を踏み出し、何を思うやら
そつと目を伏せて、左手に捧げ持つ供犠の香を入れた函にじっと見入る
その姿のえも言われぬきよらかさよ、愁いに満ちたその面《おもて》よ。
ゆったりと長衣《ペプロス》をまとい、その鬟は肩からまっすぐに流れる、
そのういういしい美しさ。
剥き出しの若々しくしなやかな右手で
そっと香函から香を取り出すその優美なしぐさ、
そのほそやかな手の指の繊細さ、こまやかな動き。
なんという悲哀がその姿全体からから漂ってくることか。
静かな無言の悲しみ。
古代から吹いてくる風の香の中に立ちつくし、

きみの墓碑を前にぼくは涙を抑えられぬ、
死すべきものすべてを襲う逃れ得ぬ運命《さだめ》とはいえ、
人が生きて世にあったことの悲哀を、これほどの静謐をたたえた姿で、
永遠に形象《かたち》づくった例をぼくは知らない。
これは死すべきものの逃れ得ぬ悲哀を、
一個の石の裡に固く封じ込めたもの、
あの忌まわしい死が奪ったありし日の乙女の姿を、
かほどにも美しい石像となしたのが、名も知れぬ石工とは。
ああ、ぼくの遠祖《とおつおや》なるギリシア人はやはり天才だ、異能の民だ、
一人の少女《おとめ》の姿に死をかくも美しく永遠化するとは。
人の世にあること短くして世の穢れを知らず、
婚礼の臥所《ふしど》も知らぬままに冥王の府に攫われた哀しみが、
きみの姿からひしひしと立ちのぼる、非情の死よ。

無情にもアルテミスが放った矢に射抜かれた
まだ蕾も固い、ふくらみを帯びた胸はいまなお疼く。
睦みあい戯れた仲間の乙女たちの哀哭も、震える手で
手ずからそなたに屍衣を着せた両親《ふたおや》の嘆きの声も、
もはやアケローンを越えたそなたの耳には届かない。
ありし日のかれんな姿をこの石像にとどめて、
そなたは死者の国へと旅立ってしまった。
・・・・・・・・・をその胸に秘めたまま・・・・・・・・・・・
・・・・・・・・・・・・・・・・・・・・・・・・・幽暗な世界に
・・・・・・・・・・・・・・・・(頁に破れている箇所があり、二三行判読不能)
それから千年の後、数知れぬギリシア人《びと》が冥府へと降り、
その記憶すら消え失せたというのに、石に刻まれた悲哀の形は、
今もなお渝《かわ》ることなくこうして立つ。

ヘーゲソーの墓碑によせて

クレアリスターの墓碑銘

メレアグロス

處女《おとめ》の帯解きしクレアリスターが迎えしは、
花婿ならずして、婚儀の夜に来し冥王《ハーデース》なりき。
夕べには花嫁の扉の前で縦笛が楽しげに奏され、
かの女《ひと》の閨の戸は人々の手で谺して響きしに、
夜明けにははや嘆きの声上がり、
祝婚歌は黙し、哀哭と変わりて、
新床の辺《へ》にあかあかと燃えいたりし松明《あかり》は、
黄泉路へと降りゆく亡き女《ひと》のために
径《みち》を照らすこととはなりぬ。

侍女

「お嬢さま、嫁がれる日ももう間近でございます。
御婚礼の折の首飾りはいかがなさいます？
その白く輝くおん肌、ふくよかなおん胸、
ほっそりとしたうなじを飾るにふさわしいのは、
ここにあるどの宝石《ほうぎょく》でございましょう。
深紅の薔薇をもあざむく紅玉《ルビー》か、それとも
ポセイドーン様の贈り物の、葡萄酒色の海から採れた真っ白な貝か、
それとも松明の光に耀く黄金の鎖でしょうか。
花婿のアガトクレースさまが、御婚儀の夜、
手ずからその御召し物を脱がせられ、お嬢さまの
處女《おとめ》の帯を解かれるとき、
その白いおん肌がひときわ美しく映える、
お好きな首飾りをお選びくださいませ。」

ヘーゲソー

「ロドペーよ、おまえの訊くことは悩ましいわ。
おまえの差し出す宝石匣の中には眼もあやにきらめく七色の宝石、
炎をも欺くほどに燦然と光る黄金の鎖、
眼を射る白銀の紐、血潮よりもあざやかな紅の珊瑚、
トリトーンの法螺貝よりも純白な貝の首飾り、
葡萄酒色の海よりもなお色濃いアメジスト。
あたしが処女《おとめ》の日々を捨てる夜、
最後に身につけるのにふさわしいのはどれかしら。
でもあたしの好きなのはやはり海よりも碧いエメラルド、
これこそが裸身となったあたしの姿を引き立ててくれましょう。
アガトクレースさまが、あたしの裸身を御覧になって、
海から浮び出る《アナデュオメネー》アプロディーテーのようだと
おっしゃってくだすったら嬉しいもの。」

詩人

こんな対話に胸ふくらませて幾日《いくか》も経ずして、
處女《おとめ》ヘーゲソーは婚儀の夜、花婿アガトクレースに抱かれて
にわかに息を引き取った。その穢れない美しさに惹かれて、
冥王《ハーデース》がわが妃にしようとて窈冥の中に拉致したものか、
わが身を海から浮び出る《アナデュオメネー》アプロディーテーに喩えた
増上慢《ヒュブリス》が女神の瞋恚《いかり》を買ったのか、それはわからぬ。
侍女ロドペーが髪かきむしり悲泣するさなか、
かの女《ひと》は紺碧の海より碧いエメラルドの首飾りを胸に、
藹々たる、か黒く幽暗な世界へと消えていった。
されど花嫁となる日を前に胸ふくらませ、恥じらいを含んで
裸身となったわが身を夫《つま》となる人にさらす瞬間《とき》を想い、
ためらいつつ装身具《よそおいのぐ》を選ぶ乙女のときめきは、
この石に刻まれて永くその形をとどめる。

テアノーの墓碑銘によせて

アマゾニアーの墓碑銘

逸名

なぜいたずらに嘆きの声あげてわたしの墓の傍《かたえ》にとどまっているのです?
わたしが死者たちの間にいようとも、悼み嘆くことはありません。
嘆き悲しむのをおやめなさい、いとしの背の君よ。
さようなら、アマゾニアーを忘れないでくださいね。

ある賢夫人の墓碑銘

逸名

この墓はわが夫《つま》から贈られたもの、
敬神の念篤いわたくしにふさわしいとて。
わたくしは夫のもとに評判も高い子らを遺してきました。
これぞ賢夫人としていきたわたくしの証となるもの、
ただ一人の夫の妻として死に、十人の生ける者たちの間に生きています、
結婚生活の豊穣《ゆたか》な実りをしかと摘んだ後に。

ある婦人の墓碑銘

ヨアンネス

わが運命《さだめ》の糸が断ち切られようとするとき、わたしは夫を見つめて
地下の神々と婚儀結ぶ神々とを祝福しました。
地下の神々を祝福したのは、愛する夫を世に遺してゆけるため、
婚儀の神々を祝福したのは、よき夫に恵まれたため。
わが子たちのため、夫がいつまでも父親でいられますように。

ノストーの墓碑銘

ヨアンネス

ノストーよ、賢妻だった報いは得られましたぞ、
夫君はそなたの死に臨んで、熱い涙をしとどそそぎましたからな。

詩人

道行く人よ、遥か昔の崩れた墳墓《はか》の連なるここを通りたもうなら、
この墓碑に刻まれた、愛し合った古代《いにしえ》の夫妻の像を見よ、
ありし日の姿そのままに
椅子《クリネー》にそっと坐って愛する夫を迎えた亡き妻は、
柱に倚る夫の顔にひたと眼を据え、
夫の眼はまたいとおしげに
若くして逝った妻の眼をじっと見つめて、
互いにまなざしを交わしあうこと千余年、
これは二人が共にした悲歓の永遠化した形。

妻はやさしく語りかけようとする夫に答えんとするも、
死者に声なく、眼に光なく、無限の愛を胸いっぱいにたたえて、
訴えるかのようにただ夫の眼に見入るのみ。
かくも近く相寄っているのに、
二人を隔て分かつものは死者と生者との間に横たう
眼に見えぬ非情な壁、絶対の隔絶。
夫はやさしく賢かった亡き妻の声なき形姿《かたち》を前に
胸ふたがって無言のままじっと立ちつくす。
石と化した哀しくも美しい夫妻の愛の形よ。

夫クテーシレオス

「テアノーよ、またやってきたぞおまえの眠る墓に。
まだ老いには遠い盛りの齢で、二人の子を遺し、
おまえがヘルメースに導かれて冥府へと降り、
アケローンを渡ってペルセポネーの幽暗な国に住まうようになってから、
わしはおまえを想わぬ日とてない。
空しく風吹き抜ける房室《へや》にあってはおまえの幻影《まぼろし》を見、
冷たい閨に独り臥しては彷彿と眼に浮かぶおまえの面影に
覚えず熱い涙がこの胸を霑《うるお》す。
涙の尽きる日はあろうが、悲懐は中従《うち》より発して断絶することはない。
幼な妻として初めてわしの胸に抱かれて以来、
おまえはよき妻、よき母であった、また奴隷たちは母のように接した。
おまえの美しさ、やさしさは世の人の知るところ、
その優雅な歩み方は町中の女人たちの嘆賞を誘ったものだった。
それを、無惨にも一朝アルテミスの矢に射られて、〈1〉
わしとまだ頑是ない子供たちを捐てて、

ハーデースの館の扉をくぐってしまったとは。
ハーデースよ、おんみは嫉妬深すぎますぞ、
もはや数知れぬ死者たちがおんみの領国《くに》にあふれているというのに、
急ぎ一人の女人をそこに加えたとて、それがなんになりましょうぞ、
おんみとて愛する妃もつ身ではありませぬか。
妻よ、忌まわしい死神《タナトス》がおまえを拉して
地下の遠い世界へと連れ去ったが、
死者が生者を想うことはあるのか。
おまえの魂《プシュケー》はいま、羽ある蝶《プシュケー》となり、
藹々たる冥府の空を虚しくひらひらと飛んでいるのか。〈2〉
はたまたオデュッセウスの母御のように、
抱きしめても煙のごとく虚しく空《くう》を抱くだけの
実体のない影として、アケローンの岸辺を、
アスポデロスの咲く荒涼とした野辺を、あてもなく彷徨っているのか。
それとも、おまえはもはやこの世の者ではないが、

ハーデースの国の一隅から以前にかわらぬやさしいまなざしで、
このわしと子供たちを見守っているのか。
さあ、答えてくれ、わしが肺腑から絞り出すこの声が、
おまえの耳にかすかになりとも届くものならば」。

訳注〈1〉ギリシアでは若い女性が急逝した場合は、アルテミスの矢に射られて命を落としたものと信じられていた。

訳注〈2〉ギリシア語で「魂」と「蝶」は共に「プシュケー」と呼ばれた。

妻テアノー

「ようこそまたおいでくださいました、わが夫《つま》クテーシレオスよ、
わたしの名を呼び、わたしの手をしっかと握った
その御手の温かみを感じながら、頬にしたたり落ちる
あなたの熱い涙に濡れながら、体が次第に冷えて行き、
眼には真っ黒な覆いがかかって、
陽光《ひのひかり》を後にしてこの幽暗な世界へと引き込まれた日から、
わたしはここ、太古以来の何億、何十億という死者たちの間に
ありし日の姿の影《スキア》となって住んでいます。
ここは光もなく、音もなく、時間も質量もない世界、
完全な沈黙が支配し、静寂と漆黒の闇の世界。
死者の魂を運ぶ渡し守カローンが掲げる燈火が、
時折アケローンの岸辺を微かに照らすばかり。
あなたとも、あなたのもとに遺してきたいとしい子たちとも、
もう無限に遠いところにいるのです。

でもお嘆きになってはいけませぬ、
あなたはこの奥津城の上に、ありし日のままの姿の
もう一人のわたしをお造りくださったのですもの。
わたしはここに坐って、悲しみを胸に湛えて、
いとおしげにわたしを見つめるあなたの眼にじっと見入っています。
あなたはまたわたしの眼にひたと見入って、
こうして二人のまなざしは固く結ばれたまま、
渝《かわら》ぬ愛の形をとどめています。
石に刻まれたわたしたちの姿は、この石が崩れて形が失せるまで、
いついつまでも永遠《とわ》に続くのです。それが慰め。
わたしが世に在ったのは老いを知らぬわずかな歳月、
あなたの愛を受けて過ごした日々も短きにすぎました。
亡き父に近いお歳のあなたを慕いつつ、〈1〉
まだ幼い二人の子供への愛に胸裂かれる思いで、
陽光《ひのひかり》を後にしたのです。

どうぞ御身《おんみ》御大切に、長生きをなさってくださいまし、
子供たちをよろしくお願いいたします。
あの子たちが成長して婚儀を迎える日まで、
慈しんでやってくださいませ。
もはや声を発することのかなわぬ、石となったわたしの眼は、
そう訴えているのです、わが夫《つま》クテーシレオスよ」。

訳註〈1〉オイディプース王の例に見るように、古代ギリシアでは男女の結婚年齢の差が大きく、幼な妻を迎える夫が、妻の父の年齢に近いことがしばしばあった。

トラセアースとエウアンドレイアーの墓碑によせて

—ごきげんよう、メリテーの眠る墓よ、
ここに眠るはいともけなげな女性《にょしょう》、
おまえを愛し慈しんだこのわしオネーシモスに、おまえはなみなみならぬ
愛をもって報いてくれた。されればおまえが世を去ってから、
どうしておまえに恋い焦がれずにいられよう。
おまえはけなげな女人だった。
—ごきげんよう、いとしいわが夫《つま》よ、
わたしたちの家族をいつまでも大切になさってくださいまし。

——作者不詳・メリテーの墓碑銘

わたしはもはやこの世の者ではありませぬが、
それでもなお夫への愛が消えることはありませぬ、
やさしく愛撫してくださったことへの感謝を胸にして。
あの人は妻のわたしのために、
道行く人が驚き眺めるほどの立派な奥津城を築いてくださり、
英雄たちにもまがう名誉を与えてくださいましたから。

——作者不詳・キュディレーの墓碑銘

夫トラセアース

「わが妻エウアンドレイアーよ、おまえが老いの閾にさしかかった
このわしをおいて窈冥な世界へと旅立った日から、
わが胸に去来するのはおまえと過ごした幸せな日々だ。
神々の妬みか、悪意か、それとも世に言う運命女神《モイラ》が
その糸を断ち切ったのかは知らぬが、おまえはわしの前から
永久に姿を消してしまった。それ以来のこのわしの悲嘆を知ってくれ。
せめても、やさしく貞淑な妻だったおまえの在りし日の姿を偲ぼうと、
冷たい亡骸《むくろ》となってこの墓に眠るおまえのために、
その姿をこうして石に刻んで、永くその面影と心を世にとどめるのだ。

おまえはけなげな妻であった。わしにやさしく仕え、子供らを慈しみ、
政敵に陥れられて苦境にあったこのわしの心の支えとなってくれた。
エウアンドレイアーよ、ペーネロペイアーにもまさるよき妻であった
おまえが、はるかに年長のこのわしに先立って冥府に降ったとは、
運命女神《モイラ》はあまりにも過酷ではないか。冥王《ハーデース》は残酷だ。
ともに華髪を戴くまで生きると固く誓ったものを。
おまえは物言わぬ冷たい石像と化したが、死後も猶その胸の中には、
このわしと子供らを気遣う熱い思いが封じられているものと信じて、
こうしておまえの前に立ち、手を握ってその姿に見入っているのだ。」

妻エウアンドレイアー

「ごきげんよう、わが夫《つま》トラセアースよ、あなたに妻として仕え、
幸せな日々を送った後、わたしはこの闇の世界に降ってまいりました。
わたしの遺骸《むくろ》はあなたが築いてくださったこの立派な墓に
寂しく横たわり、やがてあなたが枕を並べて傍《かたへ》に臥す日を待って
います。あなたの妻であったことはわたしの誇りです。世に在ったとき、
あなたは慈父のようにやさしくしてくださいました
世の男たちのように遊女《ヘタイラ》に心奪われ遊蕩することもなく、
公事に励まれ、わたしと子供たちを一途に愛してくださいました。
これはギリシアの男にあっては稀なこと、身の幸福を思います。
二人が慈しみ育てた子供たちもつつがなく成長し、
娘イスメーネーも無事に嫁ぎ、よき婿がねを得ることができました。

心残りなのは、わが子アリストブーロスの手を引いて花婿の間へといざなうことがかなわなかったこと、してまた、あなたを看取ってさしあげられなかったこと。どうかわたしの分まで長生きをなさってくださいまし。娘の産む子がそのお寂しい日々の慰めとなりましょう。息子の嫁がわたしに代わって老いの日々のお世話をしてくれますように。あなたの熱い愛を感じつつ、石と化したわたしは、こうして在りし日の姿そのままに、あなたに感謝のまなざしを注いでいるのです。」

ある婦人の墓碑によせて

マイアーの墓碑銘

キューロス

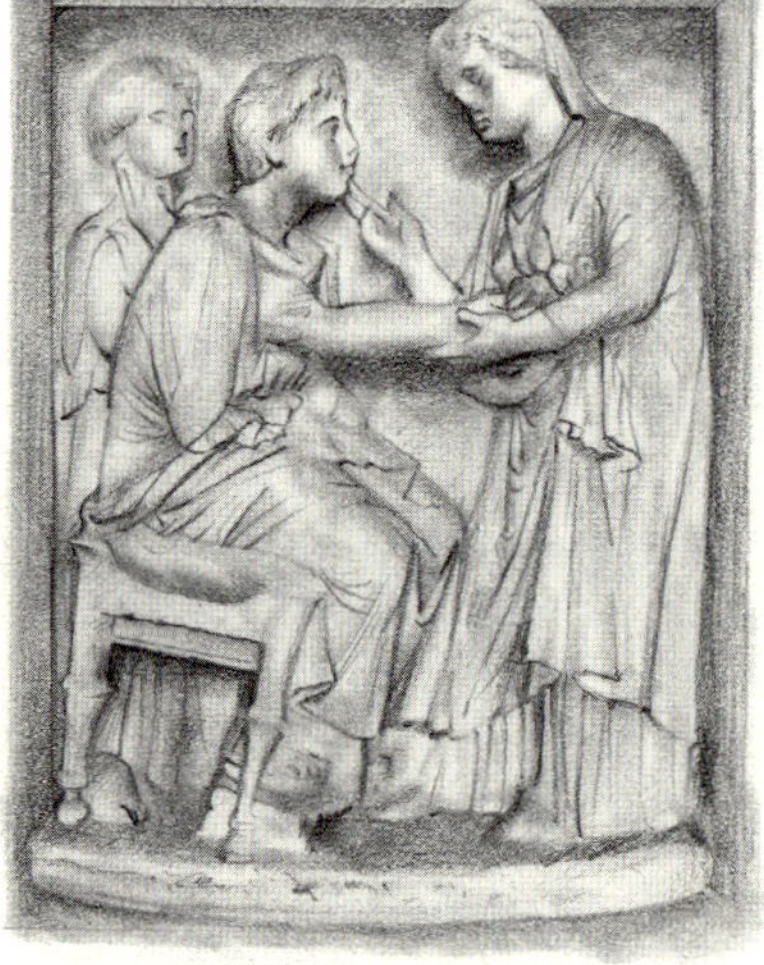

マイアーは齢三十を越え、さらに三歳を加えようとしたところを、
冥王《ハーデース》が無情な矢を射て斃してしまった。
薔薇のつぼみにもまがうこの女人《ひと》の命を、
無惨にも奪ったのだ。
なべてにおいてペーネロペイアの業に倣おうとした
賢くもやさしいひとだったものを。

アルテミシアーの墓碑銘

アンティパトロス

アルテミシアーよ、そなたが生まれたばかりで死んだ子を抱いて、
小舟からコーキュトスの河の岸辺に降り立ったとき、
花の盛りのドーリスの娘らはそなたを囲み、
そなたの死の原因《いわれ》を問うたであろうぞ。
そなたは流れる熱い涙にしとど頬をぬらして、
こんな痛ましいことばを吐いたもの。
「みなさま、わたしは双子を産みました。
一人の子は夫エウプローンのもとに残し、
もう一人は死者たちのもとへ連れてまいりました」。

詩人

この墓の傍《かたえ》を通りたもう人よ、歩みを止めて
石に刻まれた姉妹の姿をしばし見たまえ。
これは愛する妹クレイスを喪って悲嘆《かなしみ》の淵に沈む妻を慰めようと、
その夫が、姉妹が共にした日々の心のつながりを永くとどめんとて、
二人のために建てた小さな墓碑。
姉エウリュクレイアーも、その夫ディオドロスも、またその子らもみな、
はつかな人の世の生を終えたのは、遥か千年も昔のこと。
まことにピンダロスが言うごとく、「人間《ひと》とは夢の影」、
涙の谷間でかげろうのかない生を生き、瞬時《たちまち》に消えゆくもの、
だが手を取り合った姉妹の姿は、青銅よりもなお堅固な石に刻まれ、
二人が亡き後も長い歳月に耐えて残り、今なお石像のうちに息づく。
その姿が、この墓碑の前にたたずむぼくの心を打たずにはおかない。

見よ、女主人を喪って嘆き悲しむ侍女の姿を背にして、椅子に坐り、
どこか遠くを見つめてうつろな眼差しをただよわせる妹の手を取り、
若くして逝った妹の顔を、いとおしげにじっと見入る姉の姿を。
その眼に宿る言い難い悲哀の色、全身からにじみ出る愛情の激しさ、
その顔をおおうなんという絶望的な暗い翳り。
軽く右手を上げたその姿は、なにかを訴えているかのようだ。
石と化したその像からぼくには聞こえるのだ、
姉が睦みあった愛する妹に呼びかけ、やさしく問いかけているのが。

エウリュクレイアー

「クレイスや、ほらわたしはここよ。こうしてあなたの前に立って、
その手を取っているのがわかるでしょう？一体どこを見つめているの？
わたしの姿が見えないとでも言うの？お願い、わたしのことばを
どうか聞いてちょうだい、わたしの言うことに耳傾けて欲しいのよ。
あなたの夫レオンティオス殿が異国の戦場で斃れたとの
悲しい報せに接して、身籠っていたあなたはにわかに産褥の床に就き、
エイレイテュイアー様への供物も、ヘラ女神様への祈りも甲斐なく、
愛するレオンティオスの後を追って、
陽光《ひのひかり》を見る間もなかったわが子を道連れに冥府《ハーデース》へと降り、
わたしたちを置いて幽暗な世界へと旅立ってしまったのね。
わたしに残されたのは悲嘆《かなしみ》とあなたとのなつかしい思い出のみ。

あなたは今どこにいるの？ 翼のある魂《プシュケー》となって、
わが子の小さな魂《プシュケー》を懐に抱いて、
渦巻くかぐろいアケローンの岸辺をふわふわと飛んでいるの？
　あたかも二羽の蝶《プシュケー》がもつれあい飛ぶように、
あなたの魂《プシュケー》はレオンティオスの魂ともつれあい、
光も音もない漆黒の虚空を飛んでいるのかしら。
亡き父上や母上の影《ウンブラ》には会えたの？ それと、幼かったわたしたちを慈しんでくださった、やさしいおばあさまの影にも。ああ、クレイス、妹よ、
お願い、答えてちょうだい、わたしの声があなたに届くものならば」。

クレイス

「どこか遠くで誰かがあたしを呼んでいるような気がする。
でもそんなはずはないわ。死者には生きた人の声は届かないもの。
それともあれは深傷《ふかで》を負って斃れた夫レオンティオスが、
今わの際《きわ》に声高くあたしを呼んだ声かしら。
いとしいあの人もこの闇の世界にいるのだけれど、
その姿さえも見分けられないの、記憶も失ったあたしですもの。
あたしは人間《ひと》の世にあったときの姿形《かたち》を失い、
アケローンの流れを越え、忘却《レーテー》の河を渡ったので、
在りし日の記憶は消えてしまったの、もう何も、誰も思い出せないわ。
あたしが誰であったかも忘れ、今は翼のある小さな魂《プシュケー》となって、
大空に輝く無数の星、星雲にも増して数多い死者たちの魂にまじって、
漆黒の闇に閉ざされた冥府に音もなく吹き抜ける風に乗り、舞い漂う身。

地上で誰かがあたしを呼んでも、それはあたしの耳には届かない、
在りし日の悲歓を忘れた小さな魂となったあたしはすべての感覚を失い、
誰の声も聞こえない、たとえやさしかったお姉さまの声でも。
ここ異界は光も音もない寂寞《じゃくまく》の空間、流れゆく時間さえもなく、
無窮の時も意味を持たず、劫初から永遠《アイオーン》が支配する世界。
すべては空《くう》の空《くう》。寂《せき》また寂《せき》。
あたしには何も聞こえず、何も見えないの、ほら、
石となったあたしの姿は、あらぬ虚空に視線を向けているでしょう?」

『イリッソス河畔の墓碑』によせて

マンティオスのための墓碑銘

パニアース

己が父のためならず、悼み悲しめるわが子のために、
リュシス、土を盛りてこの空しき墓を築けり。
されど葬りしはただその名のみ。
不幸なるマンティオスが遺体《なきがら》は
父母のもとに還ることなく已みぬれば。

亡き友の墓碑銘

カリマコス

誰が明日という日の運命を知ろうか。
昨日はまだわれわれがその姿を眼にしていたというのに、
あくる日に君を葬ることになろうとは。
痛ましや、父君のデュオポーン殿は、
かかる酷い目を見たことは、
かつて一度たりともなかったものを。

詩人

人は不幸な目に遭うと早く年老いるものだ。

——『オデュッセイア』

イリッソスの河畔の道行きたもう見知らぬ人よ、
生と死の非情な隔絶を告げるこの無比の墓碑の前にしばし佇んで、
生きて世に在ることのよろこびを噛みしめ、
すべてを無と化する死の意味に思いを致したまえ。
死者がいかに生者から遠いかを、この墓碑のうちに見たまえ
生に隣する死が人間という一個の存在を、
生ける者たちから無限に遠い世界に拉して、
その関係を断ち切ってしまう様を、見定めるのだ。
これは青春《はる》の盛りの年頃に狩りに出て、
アドーニスのごとく森で野猪の牙にかかり、
若くして逝ったエウリュクレオスの墳墓《はか》。
わが子に葬ってもらうはずだったデュオポーンが、
哀哭のうちにその手でいとしい息子を葬ったのだ。
その逞しく美しい肉体と、高い知性と
父母への孝養の心の篤さで評判だった息子だったものを。

見よ、杖にすがってわが子の墓前に立ちつくし、
人の世を去って窈冥の世界に消え去った者の幻像《まぼろし》を、
凝然と見つめる老いたる父の姿を。
やつれ、白髪を垂れたその貌《かお》に漂う、言い尽くせぬ悲しみの色、
その暗いまなざしに宿るかぎりない哀惜と絶望の色。
石像となった父子はかくも近く相寄っているのに、
二人を隔てているのは生者と死者の間の無限の距離、
越えようもない生と死を分かつ壁。生きて世にあることと
死の意味するものを、石に刻んで示したものがこれ。
見よ、父の誇りだった若さみなぎる美しい肉体をあらわにして、
墓標に坐る若者は、かぎりない慈愛をこめて
わが子の像を見つめる老父の視線を固く拒んで、
絶対的な無関心を示しているではないか。
その眼はあらぬ方へ彷徨い、遠いかなたを見つめるのみ。
父のおろおろとした悲嘆も耳には届かず、その存在すらも

無の世界の者と化した彼には意味を持たない。
慈しみ育ててくれた父も今は全くの他者。
狩りの折にいつも伴った足元の猟犬も、自分の死を悼んで
激しく泣き悲しんだ侍童も、死者となった今は、なんのかかわりもない。
死者は生者には無関心なのだ。無の次元に踏み入った
実体のない影、魂《プシュケー》と呼ばれるものは、
絶対的に自己完結し、孤立して他者を容れない。
生ける者の肉体に宿る魂と、肉体を離れた魂とが相交わることはなく、
死者と死者もまたかかわりをもつことはないのだ。
ああ、この生者と死者との絶対的な隔絶を、
かほどにも冷厳に、かほどにも哀しく石に刻んで描いたギリシア人とは
いったい何者なのだ。それを思うとぼくは胸をつかれる。
生と死の断絶を知ればこそ、かれらはこの束の間の生を愛し、
「死すべき身」と自覚しつつも、死を忌み嫌ったのではなかったか。
死はすべてを無と化してしまう。人間というはかない存在《エパーメロイ》を、

光も、音も、重さも、時間すらもない世界に引き込んで消滅させるのだ。
無論死者には生きていた時の記憶はない。
この墓碑はその事実を告げるものではないのか。
かれらが詩に描いた、地下の藹々たる薄明の世界に、
翼もつ蝶の形で魂が飛翔するというのも、姿形は生前のままながら、
実体をもたぬ影となって、死者として死後の世界に生きるというのも、
すべては虚妄、詩人の想像の産物にすぎない。
地下にはアケローンも、忘却の河《レーテー》もなく、冥王《ハーデース》もいない。
死者はすなわち無、はかない生を生きている者は有、
その隔絶は絶対のもの、両者の距離は無限。
二つの石像となったギリシア人父子が告げるはそのこと。

ティマリスターとクリトオの墓碑によせて

詩人

ここを通り過ぎたもう人よ、ロドスの島の一隅に立つ、
ささやかな墳墓《はか》に刻まれ、
肩寄せ合って悲しみに沈む母娘の像に眼をとめたまえ。
千年を越える歳月を石となってここに立ちつくし、
永訣《とわのわかれ》がもたらす悲哀を、無言のうちに語る二人の姿に、
熱い涙をそそぎ、その声なき声に耳傾けたまえ。
娘クリトオは祈るような姿で母ティマリスターの肩に両手ですがり、
悲嘆《かなしみ》の表情もあらわに、深くうなだれて、
まだ年若くして逝った母を悼嘆くことばをささやく。

母は慈愛に満ちたまなざしを愛娘にそそぎつつも、
もはや異界の者となった諦念《あきらめ》をその面に浮べて、
そっとやさしく娘の肩を抱く。
母を想う娘と、娘を気遣う母との二つの魂がここで触れあい、
生死の壁を越えて相交わる。そう固く信じて、娘は父に請うて
この像を石に刻ませたのだ。痛ましいその心よ。
そうだ、ぼくには聞き取れるのだ、娘の嘆き声と、
わが娘《こ》をやさしく慰める母のことばとが。
詩人《うたびと》としてきみにそのことばを告げよう。

クリトオ

「おかあさま、なぜこのわたしとまだ幼い弟を置いて、
それに老いの境に足を踏み入れているお父様を遺して、
早々と冥府《ハーデース》の門を潜っておしまいになったのです？
わたしの花嫁姿を眼にすることもなく、
幼いティマルコスが逞しく成長し、青年《エポボス》として
うるわしい青春の華を摘む日を見ることもないままに。
そのお歳で無惨にも運命女神《モイライ》に糸を断ち切られ、
再び戻ることのない黄泉路へ降ってしまわれたとは、
あまりにも酷うございます。わたしの胸は悲しみで張り裂けんばかり、
やさしかったおかあさま。わたしはただただ哀しみにくれる日々。

ヘルメースに導かれて地の下の世界に降りながら、
忘却の河《レーテー》を越えるまでは、おかあさまはどれほど多くの思いを、
どれほどの愛をこの地上に残して行かれたことでしょう。
たとえ魂魄は相分れて亡骸はこの冷たい墓石の下に眠っていようとも、
墓場《セーマ》だという肉体《ソーマ》を脱した魂は、わたしたちのもとに留まり、
わたしたちとともにあるものと信じています。おかあさまの魂が
在りし日の御姿そのままのこの像に封じられ、涙にぬれたわたしの魂と
ここでむすばれるものと固く信じて」。

ティマリスター

「娘や、おまえにはわかるわね、わたしがどれほどおまえとまだ幼い
ティマルコスを慈しんだかが。また嘗て幼な妻だったわたしを迎え、
いまはもう辛い老年の日々をお過ごしのおまえのお父さまを、
どれほど気遣い苦しみつつ、この暗鬱な地下の世界へと降ってきたかも。
美しく成長したおまえの手を引いて、花嫁の閨へと導くのが
ずっとわたしの夢でした、またティマルコスが逞しく聡明な青年となり、
競技会で勝利の栄冠を得て、わたしたち両親《ふたおや》の誇りとなることも。
でも今ではそれもすべては空しい夢。死者に希望はないのです。
わたしはもはや他界の者。不死ならぬ身は、ひとたび冥府の門を潜れば
再び生ある者とまみえることはかなわぬのです。死者の哀しいあきらめ。

クロトーがわたしに紡いだ運命の糸が、あまりにも短かったのは事実、
されど死すべき身《トゥネートイ》がどうして冥王《ハーデース》に逆らえましょう。
わたしの魂が瞬時この石像に宿って、おまえに言うことをお聞き。
嘆き悲しんでばかりいてはいけません。強く生きるのです。
立派な婿がねを得て結婚し、良い子を産みなさい。母に代わってまだ幼い
ティマルコスを育て、お父様をしっかりと看取ってあげなさい。
それこそが愛する子らと夫の哀哭のうちに、早く世を去った母の願い」。

ある婦人Rの思い出に—死者がその墓より物語る—
—nomen puellae decet servare palliatum—

S・オツィオーゾ

照り映える陽光を後にして、私がこの藹々たる幽暗な世界に降ってきてから
どれほどの時が経ったのだろう。ここは光も音もない漆黒の闇の世界。
太古以来の無数の死者たちが、実体も質量もない影となってうごめく。
ここには時の流れはなく、過去も未来もないまったくの空の世界だ。
世に在る人々で、苦悩の果てにようやく生を終えた私というものを、
かすかなりとも、まだ記憶にとどめている人はいるのだろうか。
私と血によってつながり、心によってつながっていた人々にも、
もう私の記憶はあるまい。死者は疾《と》く忘れられるもの。
私がかつて愛した人は、今もまだ世に在って、その美しさで
多くの男たちの心を奪っているのだろうか。死者にはそれを知る術はない。
それとも私と同じくすでに実体のないおぼろな影となって、
この荒漠たる闇の世界のどこかに漂っているのか。
「去る者は日々に疎く、来る者は日を以て親しむ」のは千古に渝らぬ真実。
私はかつては世に知られることなき貧しい詩人だった、

古代の詩人たちの陰に隠れてかそけき声で歌ったが、
耳傾ける人もないままに、寂しく世を去ったのだった。
一人の美しい女性に魂を奪われ、その人の心をつかむこともできぬまま、
悲しみを老いさらばえた肉体にひそかに押し包んで死を迎え、
万斛の怨みを呑んでここへやってきたのだ。Flevitne illa mortem meam?
死とともに私はすべてを捨て、またすべてに捨てられてこの世界へと来たが、
あらゆる悲歓も、記憶もすべて消え失せたはずなのに、
愛する人の記憶だけが、実体のない影となり心さえもなくなった私の中に
深く刻み込まれているのは不思議だ。Illa nunquam a memoria labitrur.
限りなくいとおしかった人の記憶、それは永劫の時間《とき》さえも
消し去ることはできぬと見える。Amor morte caret.（愛に死はない）。
その美しい人は、私が生きることに倦み疲れながらも、
まだ人を愛することができたころに初めて姿をあらわした。
豊かでつややかな黒髪（eius caesairies est nigricolora）透き通るような

かがやく白い肌、深い愁いを湛えた、魂が吸い取られそうな大きな瞳、
O,creatura angelica, dulcedo mea、まぶしいほどの存在だった。
きらめく知性とあふれ出る才気、それも大きな魅力だった。
思えばそれがあわれな魂への刻印のはじめ。Fuit initium doloris mei.
どこか物憂げで寂しさを感じさせることもあったが、溌剌とした若さが、
その魂の奥処《おくが》に潜んだ懊悩《なやみ》を覆い隠していたのだ。
別れの日の後で彼女がくれた手紙は宝となり、(展盡相思書一帋)
幼さをかすかに感じさせるその一句一句は、
いかなる詩人の詩句よりも、深く脳裡に刻まれたものだった。
あどけなさをとどめ、「まだ体も心も子供」と言っていたその人は、
やがて一層美しく成長し、描かれた美の世界を学ぶ知性の人となって、
多くの男たちの魂を魅了する存在として、私の前に再び姿をあらわしたのだ。
だがその心はすでに病み、vulnera detegit, 光の見えぬ無明の闇に沈んでいた。
彼女は何を見てしまったのか。傷つきやすくあまりにも純な心、

ふるえるような繊細な感性は、悪意の渦巻く濁り切った世に生きてゆくのに
耐ええなかったのだろうか。ひとたび虚無の深淵を覗いてしまった魂を、
憂愁に固く閉ざされた心を、光の中へと救い出すのはむずかしい。
再会のよろこびも束の間のこと、美しい人がそのふくよかな胸の奥に潜む
闇の世界を覗かせたとき、死に近い老人の胸には鋭い痛みが走った。
みずからの心の闇を見つめるその美しくも暗い瞳は、人を怖れさせた。
酒神に囚われ、そこに救いを求める姿は痛ましかった。
老人がその人に抱いた、限りないとおしさとあわれみとは、
やがて耐えがたいほどの激しい愛に変わった。Ergo meus animus vulnerabar.
わずかしか残されていなかった老残の日々（老愁如葉拂難盡）に、
その人の面影を偲ぶことだけが、心の支えとなりよろこびとなった。
深い翳りを宿した彼女の暗い瞳を見つめては、すべてに代えてもその魂を
奪いたいとの愚かな夢に浸った。Somnium inane.（かなわなかった虚しい夢）。
愛する人を苦悩の淵から救うことのできぬ己の無力さを思い、

その面影を脳裡に浮かべて、いたずらに空しく焦慮の日を過ごし、
報いられぬままに、怨みを胸にこの幽冥の世界へ降ってきたのだ。
彼女を慈しみ育てた両親《ふたおや》も、彼女を愛し生涯を共にすると誓った人も、
払いえなかったというあの人の心の闇を、無力な老人がどうして救い得たろう。
慰めのことばも、彼女の心を奮い立たせようとしての励ましも、すべて虚しく跳ね返
され、non didicit flecti、彼女に注いだ無限の愛も受け入れられなかった。
「わが心よ、愛の悦楽を摘むのは、若き日に時宜を得てなすべきこと」とは、
昔のギリシア詩人のことばだ。すでに年老いていた私は、その華を摘むことはできな
かった。年若い乙女に恋した老ゲーテならぬ身の詩才の乏しさを思い
老醜を愧じる心が、(caro defluit, cutis aret) 生来の臆病な心が、なによりも
「恥」にして「慎み」であるアイドースが、私の行動を遮《さえぎ》ったのだ。
触れてはならぬ禁断の苑に咲く花であればなおさらのこと。Pro te me affixi.
だがそれもすべて過ぎ去った昔のこと。遠い過去の記憶にすぎない。
「人間《ひと》とは何ぞ、また何ならぬぞ?人間《ひと》とは夢の影」

こう詠ったのも同じギリシアの詩人だ。**愛もまた影の見る夢にすぎない。**
死者となった私はもうその夢を見ることもない。死は救い、
私は死者、光も音も時間もない漆黒の空間を漂う影。こう語るのは死者の声。
O, Vanitas vanitatum!「ああ、空《くう》の空《くう》なるかな」。すべては空。

*ダンテやペトラルカの例に倣ってだろうが、美しい人妻への恋を詠ったこの詩は、憚るところがあってか、意図的に曖昧な表現が用いられており、推測で大胆に訳さざるをえなかった。

美を創る女人《ひと》　頌詩

—画家R・ウッチェレットの肖像画によせて—

S・オツィオーゾ

Avendo gran disio,　　激しい思いを胸に抱いて
dipinsi una pintura,　　絵を描けば、そは
bella, voi simigliante.　　美しいひとよ、おんみの似姿。

—G. da Lentini　—G・ダ・レンティーニ

暗闇の中から光を浴びて浮かび上がった美しいひとの横顔。
大きく見開かれたその澄んだ瞳が見つめるのは美の世界。
つややかな髪に覆われた薔薇色の脳髄には、
あらゆる事物が、彼女が握った筆先から生まれ出ようとひしめく。
しなやかな手が握ったその絵筆は、facit　hortum suum florigerum,
(彼女が描く園の上に眼もあやな美しい花々を咲かせ)、
愛らしい小鳥たちを、香り高く咲き誇る花々の蔭にひそませる。

Πάντων ὅσα ἅπτεις ποιεῖς καλά, θεά.
(女神よ、あなたは手を触れるものすべてを美しくする)。
そのひとの深い淵のような瞳に小さな船を浮かべて、
美を生み出す脳髄の淵へとたどってみたいもの。
美を創り出すこの美しいひとは、毎夜夢の中で、
彼女がしつらえたボッティチェリの描く「春」のような花咲き乱れる苑を
そっと踏んで、カリテスたちと踊りたわむれるのだろうか。
それともみだらなゼピロスに抱かれたフローラのように、
照り映える海の上をかろやかにわたってゆくのだろうか。
美を創るこの美しい人ひとの心に矢を射かけ、それを射落とすクピドーは
いないのか。そのふくよかな胸にそっと耳を押し当てて、
小鳥のようなその心臓の鼓動を聞き取ることは許されないのか。
(このひともまた小鳥《ウッチェレット》ではないか。
して私は愛らしい小鳥を追う、世にもつたない鳥刺)。
詩文をもよく解するこのひとに、老いたキュクロープスの歌う、
あわれな恋の歌に耳傾けさせることはできないものか。
このひとが描く苑生に盗人たちの師メルクリウスが潜んでいるならば、
ひそかにその花のような脣を盗むわざを教えてはくれないものか。

このひとは、今もなお幼いアルテミスの願い*を胸に秘めたままなのか。
美の世界を創る美しいひとに魅せられた老いた男は、そんな虚しい夢を抱く。
Ἀλλὰ χαλεπὸν ἀνδρὶ το ἔργον.
(だがそれは世の男にはむずかしいこと)。
Θεράπεια γὰρ τῶν Χαριτῶν, κ᾽ούχ᾽Ἀφροδίτης.
(この女人《ひと》は美神《カリテス》らに仕えるひとにして、
アプロディーテーに仕えるひとならねば。)
美を創り、美の世界を見つめるその眼は永遠に開く。

＊カリマコス「アルテミス讃歌」に、「女神いまだ幼女におわせしとき、父神の膝に乗りて請いたまわく、「父君よ、永遠《とわ》に処女の性《さが》を保つを許したまえ」とある。

ある美しき女性学者に

—nomen dominae decet servare palliatum

S・オツィオーゾ

日々ホメーロスを誦したまい、希臘の学問を究めたもう女人《ひと》よ、
貌《かお》美しく、学深く、誇りいや高き女性《にょしょう》よ、
ヒュパティアーの再来、当代の女カリマコスよ、O,domina doctissima,
アテーナー女神に仕えたもう女祭司よ、いやさアテーナーの化身よ、
アーテナーは愛の女神アプロディーテーにもまして美しと
かのカリマコス先生も申しておりますな。
否、否、典雅女神《カリス》そのものにほかならぬみやびなる女人《ひと》よ、
いとも畏《かしこ》き Πότνια ἀνδρῶν（男たちの女主人）よ、
羅典のことばすら操りかねる無学なる愚老を蔑したもうな。Me noli despicere.
Σὺ μὲν γὰρ πότνια, ἐγὼ δ' οὐδέν.
（おんみは女主人、やつがれは無に等しき存在《もの》なれば）。
冀《こいねが》わくは、その広大無辺な学知を分け与えたまえ、
ついでにそのお美しさのお情けをも、ちょっぴり賜りませい。
Φειδῆς καλοσύνη σοῦ;（その美しさを惜しみたもうか？）
女カリマコスにおわす聡きおんみなれど、そのかみアテーナーに懸想せし
ヘーパイストスの末裔《すえ》なる、醜男《しこのますらお》切なる願いに
しばし耳傾けたまえと、伏しまろびて願いたてまつる。

解説

作者ネーモー・ウーティスとその詩について

今から四半世紀前のこと、半年ばかりローマのトラステーヴェレのあたりに住んでいたことがあった。大分以前のことでもはや記憶も定かではないが、地下鉄「トラステーヴェレ」の駅からほど近いあたりに古書店があり、そこはギリシア・ラテン古典の本がかなりそろっていたので、足しげく通った覚えがある。

某日その古書店でラテン詩の本が並んでいる本棚を眺めていると、その片隅にくすんだ赤茶色の小さな詩集があるのがふと眼にとまった。古ぼけて表紙も取れかかっているような薄汚れた本だったが、なんとなく心惹かれて開けてみると、そこには嘗てアテネの博物館などで見た、ギリシアの墓碑銘の挿絵が入ったラテン語詩を収めた詩集であった。タイトルには Parva Anthologia poetarum ignotorum recentiorum, Nusquama,1741『ルネッサンス無名詩人小詞華集』とあり、イタリアのいわゆるネオ・ラテン詩人たち何人かの詩を収めた小さな詞華集であることがわかった。ラテン語詩が作られ続けていた十八世紀には、イタリアではまだそのような詩集を読む人がいたのだ。値段はわずか五〇〇〇リラ、円高だった当時にすれば五〇〇円にもならない。安かったのを幸いにさっそく買い求めた。ラテン語詩はともかく、そこに挿絵として載せられた、サリチェリーノという未知の画家によるギリシアの墓碑の絵に惹きつけられたのである。それより二年ほど前にギリシアを旅した折に、アテネの美術館でアッティカの墓碑を見た記憶と、その折の感動がよみがえったからであった。この小さな詞華集の最初に置かれているのが、今回訳出したネーモー・ウーティスなる知られざる詩人の作品「ギリシアの墓碑によせて」で、ほかにこの詩集に作品が収められた他の詩人たちも知らぬ人ばかりである。友人のローマ大学教授もその名を知らぬという。

客舎に帰って何度か墓碑の絵を眺めると、ギリシアを旅した折の想い出ひたってそれで満足し、ところどころ頁が破れたりしているその詩集を読むことはなかった。毎日慣れないイタリア語をしゃべって暮らすことに疲れて、無名詩人のラテン語の詩を読むほどの気力が湧かなかったからである。

帰国後もこの不運な本は私の貧しい本棚の片隅で埃をかぶったまま眠りに就き、長く開かれることはなかった。ところが数年前のこと、アンジェロ・ポリツィアーノというルネッサンスのラテン語詩人の翻訳に追われていたある日、ふとこの本を手にとってウーティスの詩を読んでみると、意外にもこれがおよそ傑作とは言えないまでも、まずまずの出来栄えを示しているネオ・ラテン詩であることがわかった。これは私にとってはうれしい発見であった。そこには、この詩人が日頃耽読していたらしい『ギリシア詞華集』の影響が色濃く見られ、また詩人がエピグラフとして、自作の詩に照応させるような形で、彼の詩作を促したと見られるこの詞華集の第七巻の碑銘詩・哀悼詩の何篇かのラテン語訳をも収めているのが私の興味をそそった。無論それはこの詩人自身による韻文訳で、かなりの自由訳ではあるが、その出来栄えはラテン語詩人として令名のあったフーゴー・グロティウスの訳詩と比べてもさして遜色ないものとさえ思われたほどであった。（今回ギリシア語の原詩を参照しつつ、これも訳載した）。詩人はこれらのギリシア詩を脳裡に浮かべてアッティカの墓碑の前に佇み、その折の感動を表出すべく、ここに訳出した十一篇の詩を書いたものと想像される。ほかに作者不詳のギリシアの墓碑銘からの自由訳が二篇引かれている。

　このことを発見して以来、折にふれこの無名詩人のラテン詩を繙き覗くこととなった。そしてついには、「老愁葉の如く掃へども盡きがたき」日々を送っている老骨は、解憂の愉しみとして、これを翻訳してみたいとの誘惑に駆られてこれに勝てず、夜々酒を酌んでは酔後に訳筆を弄してみたのである。

　作者ネーモー・ウーティスについては、ほとんど何もわからない。名もなき詩人だから当然と言えば当然だが、この詩集の編者であり、ラテン語で簡単な解題を書いているS・オツィオーゾという人物によると、詩人はナポリの宮廷に出入りしていた群小詩人の一人で、三十歳にも満たずに夭折したらしい。「ネーモー・ウーティス」とは詩人の筆名であって、本名はマチェル・ヴオートテスタと言ったとのことである。作品はこの小さな詩選集に収められたもののほかは残っていないようである。「ウーティス」というギリシア風の筆名を用い、詩の中で「ぼくの遠祖《とおつおや》のギリシア人」と言っているところから推すと、遠祖は「マグナ・グラエキア」と呼ばれていた南イタリアに住んでいたギリシア人だった可能性もある。その昔ギリシアの植民地であったマニャ・グレチア（マグナ・グラエキア）地方は近代までギリシア語が生きた言語として使われていたから、詩人は幼い頃はギリシア語をしゃべっていたかもしれないし、少なくともその地方の住民が口にするギリシア語を耳にする機会はあったろう。ともあれ詩人のギリシア熱は大変なものであったらしい。

ギリシアは南イタリアのこの青年詩人にとって近しいものであり、ギリシアの文物を慕い、憧れを胸に抱いて幾度となくギリシア全土を経巡ったようであるが、その過程で生まれたのが、ここに訳出を試みた「ギリシアの墓碑によせて」という一連の詩であると思われる。詩人は『ギリシア詞華集』の碑銘詩・哀悼詩を脳裡に浮かべつつ、アッティカを中心とするギリシア各地の墓碑を眺め、この詩を作ったのであろう。ギリシアの文物への傾倒ぶりは一見して明らかである。

エレギーア詩形で書かれた原詩はプロペルティウスとティブルルスを模したところがあり、若書きで、ネオ・ラテン詩人らしく饒舌でいささか修辞の勝ったスタイルが眼につく。その詩想にしても観念的で独創性豊かとは言い難い上、伝統的な詩的言語としてのラテン語に縛られ、その枠内で作られたものとの印象が強い。とはいえ、傑作とは到底言えないまでも、嘗てリルケをも深く感動させ、あの『ドゥイノ悲歌』の忘れがたい一節を生んだ、見る人の心を揺り動かさずにはおかない、ギリシアの墓碑のもつ不思議な力を、若々しい情感をこめて詠いあげているところは、まあそれなりに評価できる。かつて私自身がギリシアで墓碑銘を見た折に味わった、胸のうち震えるような思いを、ギリシア人の血を引く可能性のある十六世紀の詩人が、すでに詠っているということが、私にこのさしたることもない詩人の作の訳筆を執らせたのである。そこには私にとっても親しい文学である『ギリシア詞華集』との共鳴、共振がはっきりと聞き取れる。全体としてルネッサンス期のネオ・ラテン詩人の作は、わが国の荻生徂徠一門の擬唐詩を思わせる知的な構築物であって、修辞的な色彩が色濃く、大仰な表現が多すぎて、われわれ後世の異国の読者の心を動かすほどのものはまずないと言ってよい。ウーティスの詩もその弊を免れてはいないし、いささか陳腐なところも目立つが、ギリシアの墓碑という、今日なお見る者の心を撼がさずにはおかないギリシア人の作物《さくぶつ》を眼にしての感動を、青年らしい純粋な心で詠っているのには、いささか心惹かれるものがある。本書の読者がいつかギリシアへ旅して博物館を訪れたなら、そこに置かれたアッティカの墓碑を眼にして、十六世紀の無名詩人にこの詩を生ませた感動を必ずや追体験できるはずである。

邦訳によってウーティスの詩の真面目を伝えることはまず不可能だが、ゲーテの心を深く揺り動かし、落涙せしめたほどのギリシアの墓碑を前にして、人の生と死をめぐって若き日の詩人が瞑想を凝らして吐いた詩句は、われわれ後世の異国の読者にもなにほどかは訴えるところがあろうかと思われる。実際、人間の生と死の形、魂と魂の交流やつながりを、アッティカに多く見られる墓碑のような形で造形した民族は、ギリシア人を措いてほかにない。ウーティスの詩は、それに触発されて生まれた一詩人の詩的想像力の産物にすぎないが、一種名状しがたい感動を呼ぶギリシアの墓碑は、彼の詩を離れてもなお一見に値する。この拙い訳詩が読者の眼をそこへ向かわせる一助となればと、密かに思っている。

遺憾ながら、漢詩と同じく、ラテン語詩はラテン語そのものの中にあることを生命とし、最も翻訳しがたいもので、名訳を以てしても猶、原詩の味わい、妙味は雲散霧消してしまうのを常とする。詩人ならぬ一介の元古典学徒の翻訳となれば、なおさらのことである。今回ここに試みた翻訳も、何がどう詠われているかを、かろうじて伝える程度のものにすぎない。訳詩と称するにはあまりに詩趣に乏しいものであることは、訳者も夙に自覚しているところである。にもかかわらず、わずかな詩を遺して、世に知られることもなく夭折した往古の異国の青年詩人が、ギリシアの墓碑を前にして覚えた感動を、いささか肩に力の入ったぎごちない詩句に託して詠った詩の、面影の一端なりとも伝えられたらと願って、拙い訳筆を弄した次第である。

ウーティスの詩は観念的でいささか頭でっかちで、うっとうしいところがあるので、気分を変えるため、今回はそれに添えて、この詩集の編者S・オツィオーゾが先の詩集に付録のような形で収めている、死者の魂のモノローグとも言うべき自作の詩「ある婦人Rの想い出に」と、同時代の女流画家の肖像画に寄せた頌詩「美を創る女人《ひと》」、それに同時代に名を馳せたらしい、「当代の女カリマコス」と讃えられた、ヒュパティアのごとき才色兼備の女性古典学者を詠った詩「ある美しき女性学者に」の三篇をも訳出して、併せてここに載せることとした。この詩集を編んだオツィオーゾもやはりギリシアの詩に心を寄せた一八世紀のラテン語詩人であったらしいが、夭折したウーティスとは異なり、こちらは世に知られぬまま老齢に達し、老いらくの実らぬ恋を嘆きつつ、傷心を抱いて冥府へと降った人物のようである。その伝記的事実は不明である。

ここに訳出した最初の詩「ある婦人Rの思い出に」で詠われている、老詩人の心を深くとらえてやまなかったRという、つややかな黒髪の透き通るような肌の婦人R（ローザあるいはレベッカ、レナータというような名であったか？）とは、知性豊かで聡明、憂愁を秘めたよほど美しい女性だったのであろう。ゲーテならぬ詩才乏しき詩人の老いらくの恋は、滑稽なうちにも哀れである。あの世からの恋文ともいうべき趣のこの詩は、なんともぎごちないラテン語で書かれているが、ウーティスの詩に比べればさほど観念的でもなく、より素朴真率だと言えよう。二番目のギリシア語を交えて綴られた女流画家への頌詩は、衒学的で到底傑作とは言えないが、ボッティチェリの絵画を念頭に置いたところなど、イタリア・ルネッサンスのネオ・ラテン詩人らしい作だと言うことはできる。三番目の女性学者を讃えたかと見える詩は、まじめな頌詩なのか諧謔なのかわからない。これも怪しげなギリシア語を交えていて、やはり衒学的な匂いが立ち込めた作である。

訳筆を擱いて、またしても訳者の脳裡をかすめるのは、さるローマの詩人が吐いた
Quis leget　haec？「誰ガカヨウナモノヲ読ムカ？」との一句である。

謝辞

最後に本書の上梓に至るまでにお世話になった多くの方々に、冥途への旅に出る前にこの場を借りて感謝の念を表したい。

訳者が大学院の学生時代にギリシア語とラテン語の基礎を教えてくださった偉大なる文芸学者にして本朝随一の句読点学者鍛冶谷崎一先生は、序に代わるおことばを寄せてくださった。厚くお礼を申し上げる。大先生は頽齢に達してなお矍鑠とし、郷里岡山で悠然と風月を弄しつつ詩酒に優遊し、学の蘊奥を極めておられるらしい。わが国随一の語学王・文法王を目指して、頭から湯気を立てて大声で諸語を朗誦して御令閨を悩ませ、日夜語学研鑽を怠らないと聞いている。旧師にして本邦有数のスカトロジーの大家でもあられる、雲谷齋《うんこくさい》老師の厳しいおことばに、冷や汗三斗の思いである。詩を贈ってくださった拙老の漢詩制作の師、厦門文華大学の宇促齋・白多光博士にも、お礼申し上げねばならない。本朝における中国古典詩研究の泰斗たる皮日休三(かわひ・きゅうぞう)先生には、忝くも跋文を賜った。先生のような偉大な中国文学者のご指導を仰いでいるにもかかわらず、漢詩制作の道はあまりにも険しく、未だに白博士の期待に応えるだけの詩が書けないのを愧じ入るばかりである。

また訳者の請いに応じて、今回わざわざローマから序文を寄せてくれた旧友アルマンド・クァルクーノ氏にも深く謝意を表したい。訳筆を揮いながら、四半世紀前にワイングラスを手に、ローマのバルで夕日を浴びて、ギリシアの詩について口角泡を飛ばして語り合った日を懐かしむ今日この頃である。これも訳者の請い応じて、快く栞に文章を寄せてくださった辱知の博雅の詩人下村鋼太郎氏、遠くロンドンからサリチェリーノの挿絵について一文を寄せてくださった気鋭の美術史家、カリス・H・イソタニさんにも心からお礼申し上げる。

旧著『コルドバ遊記』、『黄金の竪琴』の刊行に続き、大和プレスの佐藤辰美（秋畝）社長・聚美館館長の御厚情にあずかり、同社の鈴木美和さんに一方ならぬお世話になりご苦労をおかけした。本書の編集に関しては、鈴木さんのお手を煩わせた。この場をお借りしてお二人に厚くお礼申し上げる次第である。既に世に翰墨の風無く、書物とりわけ詩書がまったく売れないと聞くこのような状況下で、老いて呆けた一閑人の手すさびを、美しい詩書にしてくださった宏量の現代のマエケナスと、氏に仕える美しい女性には、感謝のしようもないほどの思いで一杯である。冥途の良い土産ができた喜びを胸に噛みしめている次第である。また原著の挿絵の再製、収録に関しては、小柳裕画伯のお力をお借りしたことを、感謝の念をもって記しておく。帯文を書いてくださった詩人加部雛子さん、老いた閑人のささやかな書に不似合いなほどみごとな衣装をまとわせてくださったデザイナーの中島英樹氏にも深く感謝申し上げる。

妙な話だが、「あとがき」は訳者に代わって、大学時代の旧友で、ルネッサンス・ラテン詩に詳しい鵜園仁成君に書いてもらった。同君には訳稿を見てもらい、斧鉞を加えてもらった。感謝のほかない。訳者が老人性鬱病に苦しんでいるため無理矢理に頼み込んで「あとがき」を書かせたのだが、ひとつには軽佻浮薄な訳者とは異なり、同君は内に博大な知識をため込むばかりでそれを吐き出そうとはせず、強制しないと決して筆を執ろうとはしない男だからである。

題拙譯書後　　拙訳書の後に題す

老來耄碌腦空虚　　老来耄碌して　脳空虚なり

翻譯人間無用書　　翻訳す　人間《じんかん》無用の書

耽酒弄筆最關身　　耽酒弄筆　最も身に関わる

毀誉褒貶又何慮　　毀誉褒貶　また何の慮《おもんぱかり》かあらん。

二〇一六年　初秋　　　　老耄書客　枯骨閑人識

跋

皮日休三

漢詩制作のわが門人枯骨閑人、老いて黄昏その生に迫る。枯骨君信山を這ひ出でしより、東都に客為ること五十餘春。夙に希臘羅典の學に志を寄するも學成らざるを歎き、漢詩制作を志す。若きより詩癖有るが為と聞く。殊勝にも華人白多光博士を師として漢詩制作を學ぶ。白師兎域に還りたまひしよりわが門下となれるも、詩作の途の儉しきに耐へかね、詩學を極むること無し。遂には本道を逸脱し、漢詩制作を放擲して狂詩、「姦詩」に奔る。白博士是を慨歎す。余聊か年長の故を以て重ねて異見すれども聴從せず、是性痴頑なる歟《か》、はたまた詩才薄き故歟《か》。已矣。笑ふ可し、惜しむ可し。

枯骨君狂詩、「姦詩」制作に倦みたるか、この程俄かに伊太利亜文藝復興期の無名羅典語詩人の譯業上木を謀り、強ひて余に跋を求む。余、世に絶えて讀者無きを知れば其の暴挙を嗤ふ。閑人更に意に介すること無し。曰く、我老狂にして吾が好む所を標《しめ》す而已《のみ》と。されば余も亦特に言ふべきことなし。唯頽齢に達せる閑人の脳を患ひ、言語狂風愈奇なるを憂ふる耳《のみ》。「老來事事癲狂」と評すべし。笑止笑止。

請ふ江湖の讀書人、余に免じてわが門人枯骨老の老いの手すさびの譯業を、寛大仁慈の心を以て受納されんことを。

於駿府湖西書屋　白雲散人識

（かわひ・きゅうぞう・中国文学者）

訳者に代わってのあとがき

鵜園仁成

今年の春頃、大学時代の旧友沓掛良彦君が突然訪ねてきて、冥途へ旅立つ前の置土産と思い、まったく売れる見込みもなく、読者も見出せそうもないルネッサンス詩人の訳詩を小さな本にして道楽で出し、知友に配りたいのだが、訳稿を読んでくれないかと言い出した。近年やや遠ざかっているが、私が高校の英語の教師をしながら、長年ルネッサンスのラテン語詩を研究していたことを知っての話であった。「君ならこういうものにも関心があるだろうし、評価もできるだろう。」と言われて少々迷惑したが、依頼に応じて原詩と照らし合わせて訳稿に眼を通し、原詩の解釈に関する幾つかの点で疑念を呈した上、訳詩に少々斧鉞を加えて返却した。

正直に言って、原著者がエピグラフのようにして掲げている『ギリシア詞華集』の碑銘詩の翻訳のほうはまずまずの出来で面白かったが、ウーティスという詩人の作品自体は観念的で重苦しく、ルネッサンスのラテン語詩に特有の衒学的なところや修辞的色彩が目立つように思われた。少なくともわが国の読者向きではないことは確かである。一体にルネッサンスのラテン語詩は饒舌で、読むのにはかなりの忍耐を要する。こういうものはラテン語の原詩で読んでこそ面白いし意味もあるので、翻訳するとその意味の大半を失うのである。彼にその旨率直に伝えたのだが、昔から妙に頑固なところがあるこの男は、それでもこれを出したいと言ってきかない。重ねてさような行為に疑問を呈すると、実はさる出版の企画に参画させられ、その難解さで定評のあるイタリア・ルネッサンスの詩人アンジェロ・ポリツィアーノ（ポリティアーヌス）のラテン語詩『シルウァエ』を翻訳せざるを得ない羽目になり、これはそのための exercise なのだと白状した。西洋古典学の祖でもあるかの詩人の、古典研究の精髄を詩句に託した難解な作品が、容易に日本語になるとは信じがたい話であるが、これが翻訳されれば、わが国のヨーロッパ文学研究に欠落していた部分を補うことになり、大きな意味があろう。しかし無名詩人ウーティスの作品の翻訳となるとどうであろうか。

「君がポリツィアーノ翻訳のための exercise として出したいと言うなら仕方ない、まあルネッサンスのラテン語文学には全く無知無関心なこの国の読者のことだ、読者は百人もいないだろうが、好きにするがいい」と言い放って、後は酒になった。酔中酔後も彼はギリシアの墓碑を絶賛してやまず、「君、Vedi Napoli,e poi muori.（ナポリを見てから死ね）なんて言うが、「ギリシアの墓碑を見て死ね」さ。君も死ぬ前に一度は見ておけよ。それを詠ったルネッサンスの詩人がいたことを伝えるだけで俺は満足だ」などと大声でわめくので、これには大いに閉口した。昔から思い込みの強い男であったが、老来自制心を失い、人の思惑を考えなくなったのは困ったものだ。

　すると後日、秋にさしかかった頃に、目下鬱病で文章が書けないから、今度は自分に代わって「あとがき」を書いてくれと言ってきた。まったくもって身勝手な頼みで大迷惑であるが、何分悪童時代からの半世紀を越えるつきあいである。「自分の翻訳のあとがきを他人に書かせるやつがあるか」と言いながら、訳稿に眼を通した責任上、これもしぶしぶ引き受けさせられ、こうして妙な「あとがき」を書いた次第である。

二〇一六年　捜詩の秋に

酔醒庵主人

訳者　沓掛良彦（くつかけ・よしひこ）。一九四一年生まれ。没年近きも未定。
狂詩・「姦詩」・「非句《ひいく》」・戯文作者。戯号　枯骨閑人《ここつかんじん》
蜀山人大田南畝を師と仰ぎ、その弟子を僭称。

主著　狂詩集『屁成遺響』（限定私家版、頒価一億円）。
ほかに東西の詩歌に関する主な著訳書に次のようなものがある。
「サッフォー・詩と生涯」、平凡社、水声社
「ホメーロスの諸神讃歌」、平凡社、筑摩学芸文庫
全訳「ギリシア詞華集1〜4」、京都大学学術出版会
オウィディウス「恋愛指南」、岩波文庫
「トルゥバドゥール恋愛詩選」、平凡社
「焔の女・ルイーズ・ラベの詩と生涯」、水声社
ピエール・ルイス「ビリティスの歌」、水声社
「エロスの祭司・評伝ピエール・ルイス」、水声社
「黄金の竪琴・沓掛良彦訳詩選」、思潮社、（読売文学賞受賞）
「讃酒詩話」、岩波書店
「詩林逍遥」、大修館書店、（梁青による中国語訳、厦門大学出版社刊）
「和泉式部幻想」、岩波書店
「式子内親王私抄」ミネルヴァ書房
「西行弾奏」、中央公論新社
「陶淵明私記」、大修館書店
「壺中天酔歩・中国の飲酒詩を読む」、大修館書店、（梁青中国語訳、厦門大学出版社刊）

ギリシアの墓碑によせて

2017年5月28日発行　限定部数300部
著　者　ネーモー・ウーティス
訳　者　沓掛良彦

デザイン　中島英樹（中島デザイン）
デザイン アシスタント　山口言悟（中島デザイン）

発行者　佐藤辰美
発行所　株式会社 大和プレス
広島市安佐南区西原2-26-21 〒731-0113
電話 082-850-3668 Fax 082-850-3733
suzuki@daiwa.po-jp.com

発　売　株式会社 思潮社
東京都新宿区市谷砂土原町3-15 〒162-0842
電話　03-5805-7501（営業）03-3267-8141（編集）
http://www.shichosha.co.jp/

印刷・製本　柏村印刷 株式会社

221

ISBN 978-4-7837-2774-3